光文社文庫

長編時代小説

鳴き砂

隅田川御用帳(十五)

藤原緋沙子

光　文　社

※本書は、二〇一二年四月に
廣済堂文庫より刊行された
『鳴き砂　隅田川御用帳〈十五〉』を、
文字を大きくしたうえで、
さらに著者が大幅に加筆したものです。

目次

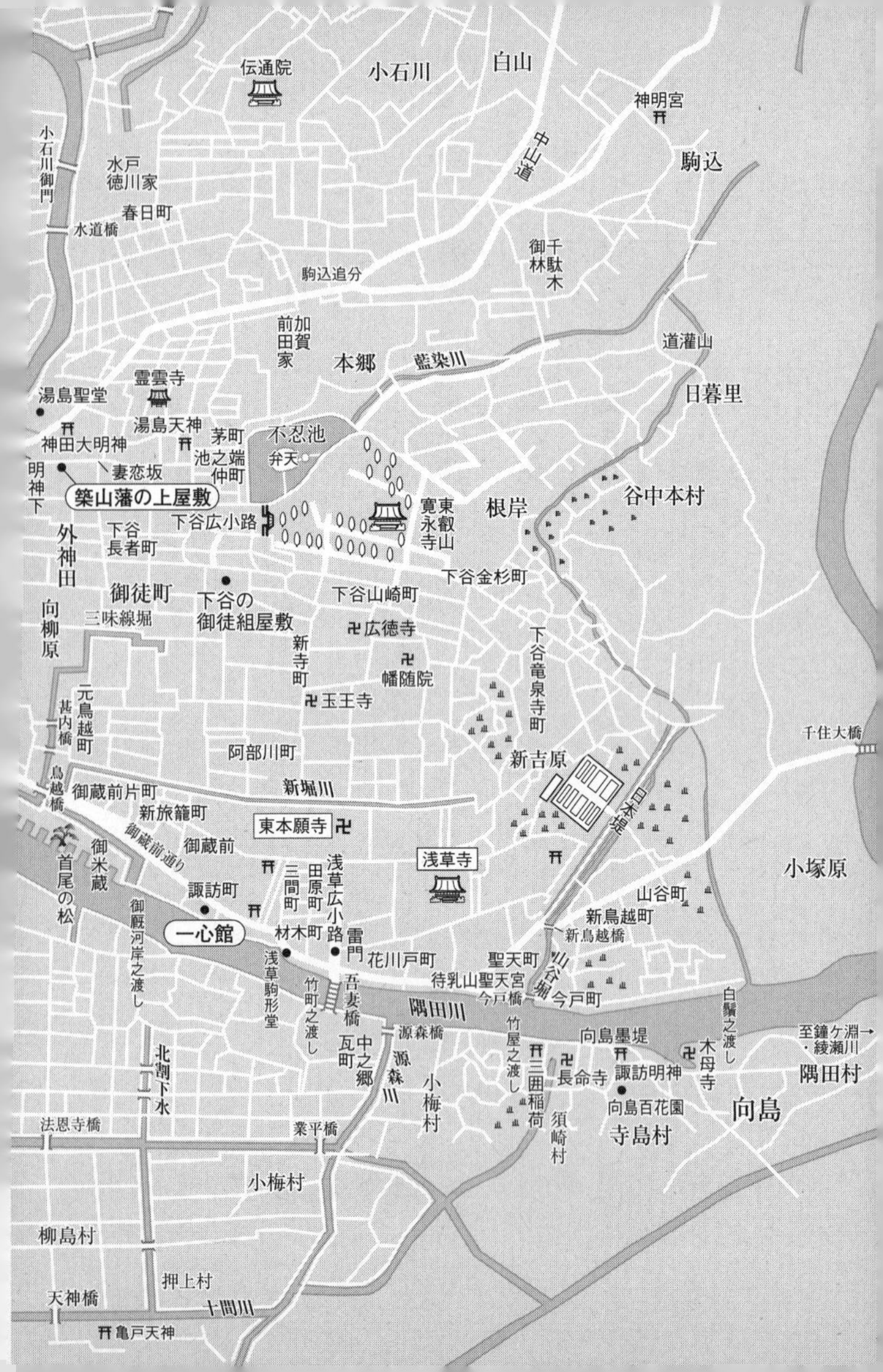

伝通院
小石川
白山
神明宮
中山道
駒込
小石川御門
水戸徳川家
春日町
水道橋
千駄木
御林
駒込追分
加賀前田家
本郷
藍染川
道灌山
日暮里
霊雲寺
湯島聖堂
湯島天神
神田大明神
茅町
池之端仲町
不忍池
弁天
明神下
妻恋坂
築山藩の上屋敷
下谷広小路
東叡山寛永寺
根岸
谷中本村
外神田
下谷長者町
下谷金杉町
御徒町
下谷の御徒組屋敷
下谷山崎町
向柳原
三味線堀
広徳寺
新寺町
下谷竜泉寺町
幡随院
元鳥越町
甚内橋
玉王寺
千住大橋
阿部川町
新吉原
鳥越橋
御蔵前片町
新堀川
日本堤
新旅籠町
東本願寺
御蔵前通り
御蔵前
浅草寺
首尾の松
御米蔵
三間町
田原町
浅草広小路
小塚原
諏訪町
山谷町
御厩河岸之渡し
一心館
新鳥越町
新鳥越橋
材木町
雷門
浅草駒形堂
花川戸町
聖天町
山谷堀
竹町之渡し
吾妻橋
待乳山聖天宮
今戸橋
今戸町
白鬚之渡し
隅田川
源森橋
竹屋之渡し
向島墨堤
至鐘ケ淵・綾瀬川
瓦町
中之郷
源森川
三囲稲荷
長命寺
諏訪明神
木母寺
隅田村
北割下水
小梅村
須崎村
向島百花園
向島
法恩寺橋
業平橋
寺島村
小梅村
柳島村
押上村
天神橋
十間川
亀戸天神

『隅田川御用帳』の世界
麹町
番町
千鳥ヶ淵
半蔵御門
田安御門
虎之御門
西之御丸
←至増上寺
新シ橋
外桜田御門
雉子橋御門
日比谷御門
和田倉御門
江戸城
一橋御門
猿楽町
南町奉行所
幸橋御門
土橋
北町奉行所
数寄屋橋御門
鍛冶橋御門
富士見坂
汐留橋
神田橋御門
呉服橋御門
常盤橋御門
昌平橋
←至品川
三十間堀川
西紺屋町
比丘尼橋
竜閑橋
平永町
濱御殿
水谷町
檜物町
鍛冶町
通新石町
本銀町
筋違御門
京橋
数寄屋町
今川橋
伊沢道場
木挽町
品川町
築地の浴恩園
西本願寺
日本橋
柳森稲荷
室町
岩本町
和泉橋
大伝馬町
内神田
神田相生町
佐久間河岸
楓川
佐内町
伊勢町
神田川
八丁堀
弾正橋
小伝馬町
亀井町
豊島町
江戸橋
海賊橋
小船町
柳原土手
八名川町
八丁堀組屋敷
金六町
堀江町
通油町
中之橋
表茅場町
日本橋川
新材木町
稲荷
和国橋
思案橋
富沢町
千鳥橋
馬喰町
幸町
小網町
親父橋
堀江六軒町
横山町
日比谷町
軽子橋
稲荷橋
汐見橋
両国広小路
鉄炮洲
本湊町
一ノ橋
崩橋
栄橋
船松町
浅草橋
高橋
新川
南新堀町
行徳河岸
小川橋
米沢町
佃島
霊岸島
三ノ橋
二ノ橋
箱崎町
箱崎川
浜町堀
薬研堀
柳橋
大川端
石川島
永代橋
浜町
新大橋
両国橋
尾上町
一ツ目之橋
元町
隅田川
熊井町
佐賀町
今川町
万年橋
上之橋
御船蔵
松井町
相生町
松坂町
回向院
横網町
三ツ屋
万年町
海辺大工町
御籾蔵
御竹蔵
六間堀
六間堀町
亀沢町
黒江町
橘屋
伊勢崎町
中ノ橋
北ノ橋
常盤町
越中島
慶光寺
海辺橋
弥勒寺橋
松井橋
二ツ目之橋
仙台堀
深川元町
北森下町
小名木川
五間堀
南割下水
蓬莱橋
深川
本所
富岡八幡宮
東平野町
霊巌寺
竪川
亀久橋
雲光院
吉岡橋
吉永町
三ツ目之橋
三笠町
洲崎
木場
新高橋
入江町
横川
南辻橋
北辻橋
猿江橋
北中之橋
西
南
北
東
猿江町
御材木蔵
清水橋
0
1km
横十間川
亀戸村
柳島村

慶光寺配置図

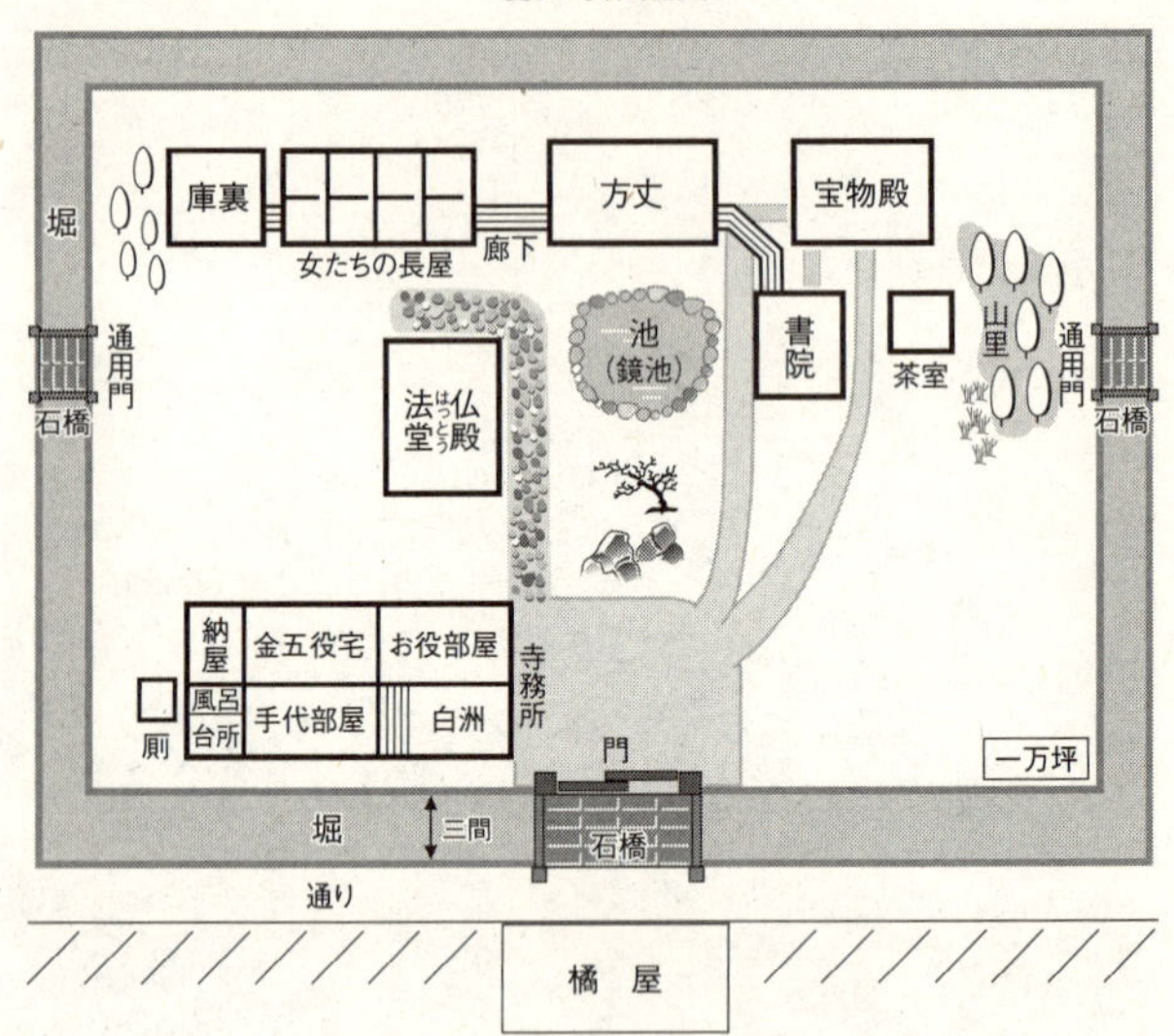

方丈（ほうじょう）　寺院の長者・住持の居所。

法堂（はっとう）　禅寺で法門の教義を講演する堂。他宗の講堂にあたる。

庫裏（くり）　寺の台所。住職や家族の居間。

「隅田川御用帳」シリーズ　主な登場人物

塙十四郎
築山藩定府勤めの勘定組頭の息子だったが、家督を継いだ後、御家断絶で浪人に。武士に襲われていた楽翁（松平定信）を剣で守ったことがきっかけとなり「御用宿　橘屋」で働くこととなる。一刀流の剣の遣い手。寺役人の近藤金五とはかつての道場仲間である。

お登勢
橘屋の女将。亭主を亡くして以降、女手一つで橘屋を切り盛りしている。

近藤金五
慶光寺の寺役人。十四郎とは道場仲間。

秋月千草
諏訪町にある剣術道場の主であり、近藤金五の妻。

藤七
橘屋の番頭。十四郎とともに調べをするが、捕物にも活躍する。

万吉
橘屋の小僧。孤児だったが、お登勢が面倒を見ている。

お民
橘屋の女中。

おたか
橘屋の仲居頭。

八兵衛　塙十四郎が住んでいる米沢町の長屋の大家。

松波孫一郎　北町奉行所の吟味方与力。十四郎、金五が懇意にしており、橘屋ともいい関係にある。

柳庵　橘屋かかりつけの医者。本道はもとより、外科も極めている医者で、父親は千代田城の奥医師をしている。

万寿院（お万の方）　十代将軍家治の側室お万の方。落飾して万寿院となる。慶光寺の主。

楽翁（松平定信）　かつては権勢を誇った老中首座。隠居して楽翁を号するが、まだ幕閣に影響力を持つ。

鳴き砂

隅田川御用帳（十五）

第一話　遠い春

一

塙十四郎は端座して、竹刀を手にして睨み合う二人に目を遣った。

小野派一刀流『一心館』と看板の掛かった道場前の通りには、雪解けの冷気が地表を覆っているが、一心館の稽古場は熱気に包まれていた。

壁際に門弟たちが目を凝らして座り、中央では古賀小一郎と梅之助が正眼の構えで立っている。

張り詰めた空気は、人の息づかいさえ消してしまっているようだった。

古賀小一郎は二十三歳、白河藩士である。千草がこの諏訪町に道場を開いた当初から通っている門弟で、このたび、千草が二度目の出産を控えて道場を誰かに譲りたいという意向を楽翁（らくおう）（元筆頭老中・松平定信（まつだいらさだのぶ））の耳に届けたのは、実はこの男だったのだ。

　対峙する梅之助は、日本橋（にほんばし）にある八百屋の大店（おおだな）『松（まつ）屋』の跡取り息子だった。商いより剣術好きで、親の反対をおしきって、こちらも千草が道場を開いた当初からの門弟である。

　いずれも腕は甲乙付けがたく、ともに一刀流を極めてきた千草の両腕となり、諏訪町の道場を支えてきた若者たちだ。

　この二人を、十四郎もまた自身の両輪に据えるべく、その腕を確かめてみようと思ったのだ。

　十四郎が白河藩のご隠居楽翁から、千草の道場を買い取った、ついては藩お抱えの道場主となって藩士に稽古をつけてほしいと言われたのはひと月前のこと、突貫工事で道場を少し広げて、ようやく再出発したのが五日前のことだ。『橘（たちばな）屋』の用心棒では先行きが心許なかろうという楽翁の気持ちが、道場主十四郎に繋（つな）がったのだが、十四郎には、もうひとつの仕事がある。

　橘屋に駆け込んできた者たちの、背後の事情を正確に調べるという任務があった。

そのために常に道場に居ることのできない十四郎に代わって、その留守をまもってくれる師範代が必要だったのだ。

なにしろ門弟は、白河藩から二十五人、それにこれまでここに通ってきていた者たちが十八人、合計四十三人の大所帯である。

千草が道場を始めた頃には、多数女剣士も通ってきていたが、今は門弟は男子のみとなっている。

出産した暁には千草も手伝いたいと言ってくれてはいるのだが、稽古は毎日ある。十四郎を補佐して代稽古をしてくれる者が急ぎ必要だった。

そこで今日、十四郎は門弟たちの荒稽古が終わったところで二人に立ち合うように命じた。

二人の剣筋については千草から、小一郎は努力の人、梅之助は商人の子息ながら抜きんでた天分を備えている人だと聞いていた。

甲乙付けがたいと言っていたが、はたして、先に動いたのは梅之助だった。

間合い六尺を崩して梅之助は小一郎を誘った。ほんの僅(わず)かだが体が揺れた。

小一郎はすぐに動いた。梅之助の隙(すき)とみて踏み込んだのだ。

すると、それを見計らっていたように、梅之助が突然膨れあがって小一郎を一撃した。瞬時のことだった。

だが小一郎は、その剣を払った。

壁際で見守る二人の後輩たちからため息が漏れる。

二人は二度、三度、激しく撃ち合い、後ろに跳んだ。間髪を容れず、どちらともなく横に走った。そしてまた激しい応酬が続く。

だが次の瞬間、小一郎の竹刀が折れた。

「そこまで！」

十四郎は声を上げて立ち上がった。

小一郎も梅之助も、十四郎の前に腰を落として一礼した。荒い息づかいで十四郎を見上げた二人に十四郎は言った。

「千草殿の言う通りだ。甲乙付けがたい気迫のこもった剣を見せてもらったぞ。頼もしいな、小一郎、梅之助。今後はよろしく頼むぞ」

二人は恐縮した顔で頭を下げると、今度は向かい合ってにこりと笑って頷き合った。

「よし、今日はこれで稽古は終わりだ」

十四郎の声に全員が立ち上がった。

「いいか、俺の留守の時には、この二人が稽古をつける。二人の教えは俺の教えだと思って励め。技を磨くには心のありようが大切だ。心なくして技の上達は望めぬ。それを肝に銘じるのだ。それから……」

　十四郎は振り返ると、端座して見守っていた千草の実家、秋月家の老臣大内彦左衛門を呼んだ。

「大内彦左衛門殿だ。千草殿を支えてこられた御仁である。馴染みの者もいるだろうが、今後もこの道場に寝起きし、この道場を支えてもらうことになった。剣術は小一郎と梅之助に聞けばよいが、他のことについては、俺がいない時には彦左殿に聞いてくれ、よいな」

　門弟の一人一人の顔を確かめるようにして告げた。

　門弟たちがざわざわと道場を出ていくと、

「十四郎様……」

　彦左が感慨深げな目で頭を下げた。

「この年になって、この彦左をお仲間に加えていただき、彦左は嬉しく存じます」

「何を言うか。俺は心底彦左殿を頼りにしているのだ」

「そう言っていただくと……」

　彦左は声を詰まらせた。一息ついて言葉を継いだ。

「千草様が懐妊を機に、近藤様のお内儀として下谷の役宅に引っ越される。それは爺にとって大変喜ばしいことですが、また寂しくもございました。身の振り方を考えなければと思っていたところに声を掛けて下さいましてありがたく存じます」

「彦左衛門殿、昔の元気はどうした……彦左殿らしくないぞ」

　十四郎がにこにこして言うと、

「恐れ入ります。何、私もまだまだ、若い者には負けはしません。ご安心下さいませ」

　彦左衛門は枯れ木のような腕を振った。


　その頃、お登勢は浅草の『雲慶寺』にいた。

　東本願寺の西方にあるこの寺の墓地には、夫徳兵衛の墓があり、毎年正月を迎えると一人で墓参りに来るのだが、今年は来客が多く機を逸していた。

　春の声を聞けば祥月命日、その折には、縁切り寺『慶光寺』の主である万寿院と、築地の『浴恩園』で暮らす楽翁からも香料を賜り、亡き亭主に橘屋の近況を報告するのだが、それはひと月も先のことだ。

まだ江戸は冬景色である。一昨日降った雪がようやく解けて、弱い陽差しが銀色の雪をようやく溶かしはじめたばかりだ。

あちらこちらにできた水たまりを避けながら、それでも墓参りをせずにはいられない心境に陥ったのは、やはり十四郎と永代橋の上で愛情を確かめ合ったからかもしれない。

積もり積もった想いが通じたと、十四郎の手に自分の手が包まれた時陶然としたが、首筋にかかった十四郎の熱い息を感じたとき、なぜかふっと徳兵衛の顔が過ぎったのだ。

「将来、いつになるかは分からぬが、そなたと一緒に暮らしたい」

十四郎はあの時そう囁いた。

「嬉しゅうございます」

胸に迫る思いでお登勢は応えた。

だがあれからひと月、十四郎が諏訪町の道場主として出発するため多忙な日々を送るのを見守っているうちに、どうしても亡くなった夫に、今の心境を告げなければならないような気になった。

そして今日、夫の墓の前にぬかずいてみると、もう夫はとっくの昔に気付いていたような感じがして、

「ごめんなさい。でも、あなたが命を懸けて守った橘屋を、ないがしろにするようなことだけは致しません」

お登勢は墓前で誓ったのだった。

実際、十四郎とのことは、まだ何も具体的に決まったわけでもないし、二人が一緒になるには様々な問題がある。むろんまだ番頭の藤七(とうしち)にも告げていないし誰にも明かしていない話である。

十四郎に心の内を明かされて浮き足立っていたのだが、墓前に手を合わせた時、お登勢の頭に浮かんだのは、お登勢との間に子を生す(な)暇もないほど、昼夜を問わず駆け込み人のために尽力し、働き過ぎがもとで病を得て逝った夫徳兵衛の姿だった。

そんな徳兵衛がただひとつ、駆け込みの役務から解き放されることができたのは、富岡八幡宮(とみがおかはちまんぐう)の大祭の時だった。

徳兵衛が祭りで太鼓を打つ勇ましい姿は、駆け込み人の調べをしている時の沈着冷静な顔とは別の、熱に浮かされたような、男の色気を感じさせてくれたもの

だ。

——生きていれば……。

徳兵衛は今も潑剌(はつらつ)としてあの頃のように奔走していたに違いない。まだ若く、やり残したことも多く、この世に未練を残していた筈だ。

お登勢は墓地を出て、ゆっくりと雲慶寺の総門に向かって歩いた。

木立の下草の上には雪が残っているものの、総門への小道は敷石が続いているから足下が濡れることはない。

透き通った冷たい空気は、お登勢の憂いを払ってくれるような感じがした。

「チッ！」

小道の中ほどまで歩いてきた時、鳥の飛び立つのに気付いた。

振り向くと、そこには真っ赤な藪椿(やぶつばき)が見えた。つい今朝方まで雪を被っていたとみえ、花は霧を吹きかけたように瑞々(みずみず)しい。木の根元付近には、溶けた雪の上に落ちた花が点在していた。

椿の花は茶の湯の世界では重宝され愛される花の一つだが、花が首から落ちるといって嫌う人もいる。

——そういえば……。

昔、徳兵衛と徳兵衛の両親の墓参りにやってきた時、同じように赤い藪椿に気付いた。

「うつくしいこと……」

立ち止まってみとれていると、徳兵衛はわざわざ林の中に踏み込んで藪椿一枝を手折り、お登勢に渡してくれたことがあった。

枝には一輪の七分咲きと堅い蕾がついていた。

徳兵衛はあれで、お登勢の喜ぶ顔を見るのがいちばんというところがあった。

お登勢は笑みを浮かべた。

あれやこれやと杞憂することはないのだと思った。お登勢の幸せをいちばん望んでいるのは徳兵衛ではないか。

お登勢は足を少し速めて総門に向かった。行く手の木立にも、木立を抜けた境内にも、淡い陽の光が差しているのに気付いていた。

お登勢は庫裏に立ち寄った。寺の和尚に挨拶してから寺の総門を出た。

だがそこで、お登勢はこちらに気付いて近づいてくる浪人に、足を竦めた。

鼻筋の通ったなかなかの男ぶりの顔立ちだが、顎から首にかけて浅黒い痣がくっきりと見える。

「縁切り宿橘屋の女将さんかな」

浪人は言った。声は穏やかだが、お登勢を見る目は鋭かった。

「さようですが、どなたさまでしょうか」

お登勢は、これまで縁切りに関わってきた人たちを頭に浮かべた。だが目の前の顔に覚えはなかった。

「塙十四郎に伝えてくれんか。己（おのれ）一人がいい気になって、いずれ天罰が下るだろうとな」

「十四郎様に……あなたさまのお名前をお聞かせ下さいませ」

「ふっ」

浪人は笑った。底光りのする目でお登勢の目を捉えると、

「言われたことだけ伝えろ」

不敵な笑みを浮かべると、くるりと踵（きびす）を返して立ち去った。

「………」

お登勢は、浪人を見送った。ゆらりゆらりと肩を揺らして去る浪人の背には、人を寄せ付けない頑（かたく）なものが漲（みなぎ）っていた。

二

「だいたいね」

おとみは怒りのあまり、あふれ出る激情を呑み込んでから言った。

「おまえさん一人の稼ぎでおまんまを食べてると思ったら大間違いなんだ」

睨(にら)んだ目の前には、これまた腕をめくりあげた亭主が負けじと睨み返している。

「それを勘違いして、少しばかり金が貯まったといっては、余所(よそ)の女に貢(みつ)ぐなんて、あたしはどうあっても承知しないから」

「馬鹿こけ、寝呆(ねぼ)けたことを言ってやがる」

亭主の禎蔵(ていぞう)は鼻で笑って、ちらと二人の言い分を聞いている、お登勢と十四郎に目を遣(や)った。

「馬鹿だって……誰に向かって言ってんだよ。馬鹿はあんたじゃないか。あたしはね、一人前に外で働いてきてよ、それから三度のおまんまも作ってやってる、あんたの汚い下帯からなにからなにまで洗ってやってるんだ。風邪をひいたといえば薬を煎じて飲ませ、酒が欲しいといえば買いに走り、毎日のおかずだって、あたしは食べなくても、あんたにはめざしの一匹も添えてね、万事が万事あんたに気を配ってきたというのに」

「この野郎、俺のしてやったことを忘れて」

「忘れてないよ。第一何をしてくれたんだい。そうそ、思い出したけど、あたしが頭が痛いと言って休んでいた時でも、あんた、ご飯を作って食べさせてくれたかい……なんにもしてくれなかったじゃないか。おい、飯はまだかって言ったろ……病人によく言えたもんだよ」

「それは！」

禎蔵は大きな声で一喝するように言い、後を続けた。

「俺の手料理じゃあ、おめえは満足すめえと思ってのことだ。おめえがやってくれって言ったなら、俺だってやるさ」

「馬鹿馬鹿馬鹿のとんちんかん男、女房のあたしが言わなくっても、自分で機転をきかせてさ、女房のためにやってやろうと思うのが、本当の愛情じゃないのかね。もっとも、愛情なんて毛ほどもないんだろうからね」

「言わせておけば、人の前でよく恥をかかせてくれるもんだよ」

「別れようと言ってるんだ。当然じゃないか」

「この……」

「女を殴るのかい……やってみなよ」

ああ言えばこう言うで、ついに二人は取っ組み合いになった。

「お待ちなさい！」

お登勢が一喝した。同時に十四郎が亭主の手を摑む。

「これじゃあ話し合いも何もありません。もう少し冷静になって……おかみさんがここに駆け込んできたのには、よくよくの気持ちがあったんです。腹も立ちましょうが聞いてあげて下さい。まずは胸の中にあるものを吐き出すことが一番ですよ」

お登勢は亭主の禎蔵に言った。

「……」

禎蔵は憮然として見返したが、十四郎に手を摑まれている。自分の思うようにはいかぬとみたのか、急に力を抜いて神妙な顔をして座り直した。

「申し訳ございやせん。女房がここに走ってきたっていうんで追っかけてきたんですが、あっしには、何がなんだか、まだ分かっちゃいねえんです。あっしが、縁切り寺に駆け込まれるほど悪いことをしたのかと……いいや、あっしはそんなことはこれっぽっちもしちゃいねえ。信じて下さいまし。この女の言うことは大げさなんですから」

　亭主の言葉を、おとみは口をとんがらかして聞いていたが、

「もうたくさん、あんた、別れてくれますね」

　険しい声を投げつけた。

「まあまあ」

　お登勢はおとみを制した。

　おとみは裏店(うらだな)に住む女にはまれな小ぎれいな見目形をしている。それが頬を引き攣(つ)らせて毒づくのを見ていると、なんでここまでとお登勢は哀しくなったのだ。

　おとみが駆け込んできたのは昼前のことだった。

　久しぶりに十四郎が訪ねてきて、道場の話など聞きたいと思ったところに、髪振り乱しておとみは駆け込んできたのである。

「亭主に女がいます。あたしが今朝それを問い詰めると亭主はあたしをぶったのです」

　お登勢はすぐさま、おとみを宿の中に入れた。
落ち着いてから話を聞こうと、昼の膳を出してやった。

おとみはぺろりと平らげた。

さあこれから十四郎と話を聞こうとしたその時に、女房に会わせてくれと禎蔵がやってきたのだ。

禎蔵はずんぐりむっくりした男で、むさ苦しげな男だった。よくおとみが惚れたものだと思ったが、根は実直そうな感じがした。

おとみは三十前後、禎蔵も同じ年頃で、もう世間並みの理非はわきまえている頃合いだ。じっくり話せば駆け込みしなくても事はおさまると思って会わせたのだが、いくらも話さないうちに喧嘩腰になってしまった。

「おとみさん、あなたももう少し冷静になって下さいね。ご亭主の話も聞いてみてはどうでしょうか。長い間一緒に暮らしてきたんでしょ」

お登勢が窘めると、おとみも流石にしゅんとなって座り直した。

「女将さんのおっしゃる通りだ」

少し禎蔵も落ち着いてきたのか、そう言った。そして、自分たちが一緒になった時の話をしてくれた。

二人はともに、市ケ谷にある旗本の屋敷に奉公していた中間と下女中だったようだ。

好き合って二人は屋敷を出て町場で所帯を持ったのだ。

禎蔵は大工の見習いとして通い、鑑札は貰っていないが、なんとか手間取りの仕事はできるようになった。

一方おとみは、船宿で通いの女中としてずっと働いてきたようだ。

「金を貯めて、表店なんて贅沢は言わねえ、横町に店を持つ。それが俺とお前の夢だったじゃねえか。手間取りの大工はたくさんいる。腕のいい奴を集めて一旗あげようってんで頑張ってきたのになんだってんだ」

禎蔵はそう言ってきっと睨んだ。

「そういうお前が女をつくったからではないのか」

十四郎が言えば、

「それとね、もう少しおとみさんのことも考えてあげなくては……女が外で働いて家の中もきちんとするのは大変なんですから」

お登勢が付け足した。

禎蔵が神妙な顔で頷くと、

「女のことはかみさんの勘違いでさ。飲み屋の女がおもしろ半分に抱きついてきて、それで紅がついてたんです。金を持ち出したのは、実はおとみの着物を内緒でつくっていて……」

禎蔵は照れくさそうに頭を掻くと、

「所帯を持って十年です。何一つ買ってやれなかったんです。苦労を一緒にしてくれた恋女房に気持ちを伝えたくて……」

まあっと驚いた顔でお登勢は十四郎を見て、そしておとみを見た。

おとみは、半信半疑の顔でお登勢を見返したが、

「おとみ、すまなかったな。そういうことだから、一緒に帰ってくれねえか」

禎蔵はおとみに言った。

「おまえさん、ほんとにほんとなの?」

おとみが聞き返した。女らしいしおらしい声になっている。

「ほんとだとも。馬鹿だなあ、おめえは。俺のような男が女にもてるわけねえじゃねえか」

禎蔵は優しく言って笑った。

おとみの目から涙があふれ出した。

橘屋を騒がせた夫婦喧嘩の決着は、あっけなくついたのだった。

「まったく、とんだ駆け込みでございました」

藤七が二人を送り出して戻ってきた。

だがこの日の駆け込みはこれだけではなかった。

八ツ（午後二時）のお茶を飲んでいるところに、今度は慶光寺寺役人の近藤金五がやってきた。三十半ばの商家の女を伴って入ってきた。

「おぬしも来ていたのか、ちょうど良かった、駆け込みだ」

金五は後ろを振り返ると手招いた。紫の頭巾を被った女がするりと入ってきて頭を下げた。

「なに、表に立って迷っていたようなのでな。そんなに大げさに考えなくても話だけでも聞いてもらえばいい、そう言ったのだ」

金五は女に視線を遣った。

「おつやと申します。大伝馬町の『柏屋』の者でございます」

白い顔を上げた女は、神妙な顔で言った。

「柏屋さん……大伝馬町には木綿を扱うお店が多数ございますが、柏屋さんも？」

お登勢は、お民が茶を出して下がると、俯いて、両手を膝の上に重ねているおつやに言った。

「はい、さようです。木綿問屋です」

おつやは、小さな声だが、はっきりした口調で答えた。

三人に囲まれた緊張が少しずつ解き放たれてきたようだ。

「大伝馬町の、どの辺りのお店ですか」

おつやは言った。

「あの、浮き世団子をご存じでしょうか……二丁目にありますが」

おつやは言った。形の良い唇が顔全体をしっとりしたものに仕上げている。

「ああ、浮き世団子ですね。最近流行っている味噌だれのお団子屋さんでしょう?」

「そうです。そのお団子屋さんの差し向かいが柏屋です」

お登勢は頷いた。

「立派な暖簾のお店じゃないですか。おつやさんはそこのおかみさんですね」

「はい」

おつやは神妙な顔で頷くと語りはじめた。自分は家付き娘で、夫は十五年前には手代だった清七という男だと。小頭格になったところで婿養子にし、今は佐兵衛と名乗っているが、二人の間には清太郎という倅一人をもうけている。

その清太郎が十三になり、仕入れ先の伊勢の問屋に修業にやったが、夫の態度に変化が現れたのはその後からだとおつやは言い、深い溜め息を吐いた。

おつやはかなり言葉を選んで話している。感情を抑え、どう冷静に話したらよいか迷っている様子は、先ほど同じ場所に座って大喧嘩をやったおとみ禎蔵夫婦とは違い、やはり育ちの良さが垣間見える。

着ている物も上物だし、髷に挿している簪も凝った銀の細工で、膝の横に置いた袋も珍しい柄の緞子だった。なかなか手に入らぬ物だとお登勢は思った。

ただ、美しく化粧を施してはいるが、表情は暗く、頬にも疲れが見えた。

「ご亭主の変化というのは……」

お登勢が静かに聞いた。

「ええ、お恥ずかしい話ですが、どうやらたちの悪い女の人に見込まれてしまったようで……」

おつやは目を伏せた。

「詳しくお話し下さいませ。ここでお話し下さったことは、けっして外に漏らすことはございませんよ」

お登勢が言った。おつやは少し安心したように頷くと、

「清太郎が修業で伊勢に行って一年になりますが、夫の佐兵衛の様子がおかしくなったのは昨年の秋頃からでした。いそいそと番頭さんにも行き先を告げずに出かけるようになりまして……」

十四郎は、ちらと金五と目を合わせた。

おつやの夫への不審は、昔から居る番頭の辰之助から聞いたものらしい。ただの憶測ではないと、おつやは言った。

しかも辰之助は、

「旦那様には女ができたのではないでしょうか」

と言ったというのだ。

辰之助の話では、佐兵衛が黙って二両、三両と持ち出すようになって久しい。心配して見ていたのだが、昨年暮れ頃から妙な女が店の前に現れるようになった。佐兵衛はその頃から、十両、二十両と多額の金を持ち出しているというのである。

それでおつやが佐兵衛の行動に目を光らせていたところ、ほんの数日前のことだが、三十そこその女が店の中に入ってきた。

襟を抜いた化粧の濃い女で、反物を買うわけでもなく、店の中をふらっと見渡したたけで、すぐに帰っていったのだ。

ところがこれに佐兵衛が反応した。うろたえ、落ち着きを失くしたのを、おつやは見逃さなかった。

番頭の辰之助も店の棚を整理するふりをして、おつやに目配せしてきたのである。

——どうしてあんな女に……。

これまでの謹厳実直な佐兵衛のことを考えると、おつやは納得がいきかねた。まさかとは思ったが、まもなく佐兵衛は、いそいそと出かけていったのである。

「しかも帳場の金箱から、十両が消えておりました」

おつやは溜め息を吐いて言った。

「あんな人ではなかったのに……本当に真面目な人で、接待のために料理屋さんにお得意様を連れていきましても、けっして酔っぱらうことのない人でした。それがどうしてこんなことになったのか……いったいどうなっているのかと……」

おつやは辰之助を横において佐兵衛を問いつめたと言う。すると佐兵衛は、すまない、と詫びるだけはしたものの、女との関係も、金の使い道についても、「いずれ必ず明らかにする。だから、今は何も聞かないでくれ」

と頭を下げるばかりで、その後、何度尋ねても貝のように口を噤んで話さないのだという。

「あんな頑なな一面が夫にあったと知って、私は怖くなりました。夫のことを何も知らなかったのだと思うと、自分が馬鹿に思えてしかたがありません」

おつやは話し終えると深い溜め息を吐いた。

「番頭の言う通りだな。悪い虫がついたんだ」

金五がにべもなく言った。

「近藤様……」

お登勢は金五を睨んだ後、

「それで別れたいと、そう思ってこちらに……」

おつやの顔をじっと見詰める。だがおつやは、

「それが……」

お登勢を見詰め返すが、

「自分でも、はっきりとどうしたらよいのか分からないんです。ここに来れば、迷いがふっきれて……そう思ったものですから……」

お登勢は、おつやの顔をじっと見詰めて考えていたが、

「おつやさん、おつやさんが別れたければ、その権利は養子のご亭主ではなく、あなたにあるのです。あなたが三行半(みくだりはん)をご亭主につきつければ済むことですよ」

「……」

「でも、それを心得ているからこそ、かえって夫をつき放したくはない……そう思っているんですね」

お登勢のその言葉に、おつやは言った。

「いざとなったら踏み切る覚悟はできています。代々守ってきた暖簾(のれん)を私の代で下ろすわけには参りません」

お登勢は頷いた。

お登勢にはおつやの苦しみがよく分かる。おつやは、ただの商家の内儀ではない。店を守っていかなければならない立場なのだ。

だからこそ感情に走るわけにもいかずに、突然降って湧いたような夫の不貞に苦悩しているのだ。

「分かりました。こちらで調べてみます。離縁の話はそれからでもいいでしょう。おつやさんは素知らぬ顔でお過ごし下さい」

お登勢は、きっぱりと言った。

三

「深川の橘屋さん……よく存じ上げております。ようこそ、いらっしゃいました。手前が柏屋佐兵衛と申します」

奉公人のお仕着せの着物地を欲しくて立ち寄ったというお登勢を、主の佐兵衛はわざわざ帳場から立ち上がってきて迎えた。

佐兵衛は、濃い茶の地色の越後の紬縞に小紋の袷羽織といった出で立ちで、膝頭をきちんと揃えて笑みを見せた。絹物の着物だが、木綿問屋の主らしく地味で落ち着いた形をしている。

顔立ちもおとなしく、とてもひと目見ただけでは、外に女をつくるとは思えなかった。

「桟留を見せて下さいな。男物は紺の地色、女物は、そうですね。少し色が入ったほうがいいかと思っているのですが……」

お登勢は言いながら、店の棚を見渡した。

十四郎もさりげなくお登勢の傍で、佐兵衛の様子を観察している。

「これはこれは、そういうお話でございましたら、どうぞ、奥へ……お茶など召し上がっていただきながら、じっくりと納得していただく柄を選んで頂きたいと存じます」

佐兵衛は腰が柔らかく低かった。

おつやの話では、伊勢から奉公に出て来、苦労して手代となり、さらにその上の小頭格へと精進してきた人らしい。

そして、おつやの父親、先代佐兵衛に気に入られておつやの婿養子になっただけあって、客に少しも不快な印象は与えない。

「いえいえ、私も今日は通りすがり、こちらでいくつか見せていただいて、もう一度出直して参りたいと存じます」

お登勢は言って、ちらと十四郎を見た。

「さようでございますか」

佐兵衛も十四郎に視線をちらと流したが、すぐに番頭を呼び、

「辰之助、頼みましたよ」

お登勢にごゆっくりと言い、自分は帳場に引き揚げていった。

「どれがいいかしら……」

それとなく十四郎に相談するふりをしながら、お登勢はそろそろ店を出る算段を始めていた。

柏屋の見張りを始めて五日になる。

道を隔てた浮き世団子の店では、この五日の間、藤七が新しく入った七之助という若者と張り込んでいるのだが、おつやが言った怪しげな女はまだ一度も現れてはいなかった。

それでお登勢と十四郎が佐兵衛の様子を見にきたわけだが、佐兵衛は一見したところ、どこにでもいる木綿問屋の主だった。

おつやが言っていたような、女房の追及に口を閉ざし続ける太い神経の持ち主には見えなかった。

「それじゃあ、また改めて参ります」

一通り反物を見終わると、お登勢は十四郎に目配せして立ち上がった。だが、その時、ふらりと女が入ってきた。

濃い化粧の女だった。口紅は真っ赤にぎらぎら塗りたくり、襟は深く抜いている。腰を振りながら入ってきて、じろじろと見渡すものだから、否が応にも人の視線は女に向く。

　お登勢と十四郎を送り出そうとしていた番頭辰之助の顔も途端に曇った。その目は厳しく、女の挙動を追っている。

「何をお探しでしょうか」

　若い手代が女に訊いたが、女はふっと笑って返しただけで、からっころっとわざと下駄の音を立て、帳場の見える上がり框に近づいた。

「もし、ご用は……」

　慌てて辰之助が女のもとに走り寄ったが、

「用がなくては入ってきてはいけないのかしら」

　女は人を喰ったような口ぶりである。その目は、帳場にいる佐兵衛の姿をとらえている。

　佐兵衛の顔は、引き攣っていた。

　――この女か……。

　十四郎がお登勢と顔を見合わせた時、

「おじゃまさま」

　女はくるりと踵を返すと、すたすたと外に出ていった。

　しばらく店の中はざらついた雰囲気に包まれた。我に返って、皆その空気を追い払おうと動き出した時、暖簾の奥におつやの不安な顔が覗いた。

十四郎は、おつやに頷いてやった。

おつやが少しほっとした顔で頷き、暖簾の傍から消えるのを見て、十四郎はお登勢と店を出た。

女は腰をくねらせて西方に帰っていくところだった。

十四郎は、差し向かいの浮き世団子の店に合図を送った。

すぐに藤七と若い男が店の前に出てきた。十四郎が女のうしろ姿を顎で示すと、藤七が頷いて若い男を促した。すぐに若い男は女の後を追っていく。

その若い男というのが、浮き世団子の店でずっと藤七と張り込んでいる七之助という者だった。

十四郎は藤七と視線を交わすと、お登勢と店の前を離れて帰路についた。

「七之助、一人で大丈夫か」

歩きながら十四郎は言った。

七之助は十四郎が道場主になって手薄になったため、つい最近橘屋に雇い入れた者である。それだけに、使える人間かどうか十四郎は気にしていた。

「ご心配なく、十分に吟味(ぎんみ)して雇い入れました」

お登勢は言った。

七之助は北町奉行所の吟味方与力、松波孫一郎の下役で、同心鎮目道之進が使っていた岡っ引文吉の倅だった。歳は二十一歳だという。

文吉が殺されたことで奉行所とは縁が切れ、七之助は今川橋袂にある母親のおさいが経営する小料理屋を手伝っていたのだが、どうしても父の文吉のような岡っ引になりたい。

夢が捨てられずに鎮目に相談に来た。ただおさいは反対だったようだ。そこでその話を聞いた松波が、岡っ引ではないが、橋屋の仕事ならどうかと母親を説得し、それじゃあというのでお登勢が面談して決めたのだった。

「母親のおさいさんは、ご亭主の命を奪った岡っ引の仕事なんて絶対息子にはさせたくない。でも、それを言い張っても七之助は聞き入れてくれない。困り果てていたところに、うちの若い衆にどうかという話があったものだから、おさいさんもそれならっていうことで……」

「七之助も納得したわけだな」

「ええ、やりがいがある仕事だって喜んで……父親の文吉さんはとても腕のいい岡っ引だったようですから、自分も親父をしのぐ仕事をしてみせるって……」

思いがけないいい人が入ってくれたとお登勢は言い、道場に引き返す十四郎を見送った。


柏屋の主佐兵衛が店から出てきたのは、通りに軒行灯(のきあんどん)が灯り始めた頃だった。

「行っていらっしゃいませ!」

佐兵衛は小僧(丁稚(でっち))に見送られて出てきたが、

「私はいいから、店に戻りなさい」

などと言って小僧を店の中へと押し戻すと、辺りを見渡してから、襟巻きを合わせて急ぎ足で歩き出した。佐兵衛は西に向かった。それを待っていたように、

「すまなかったね」

浮き世団子の店から藤七が出てきた。藤七は長居をさせてもらった団子屋に礼を述べたのだ。

藤七は、佐兵衛のうしろ姿を捉えて歩き始めた。

佐兵衛は、暮れなずむ町を俯き加減に歩いていく。人の目を避けているのは明らかだった。

大通りが薄闇に包まれたのは、まもなくのことだった。梅の花が咲き、水もゆ

るんだかにみえるが、空気はやはり、まだ冬のものである。

佐兵衛は、大伝馬町一丁目を過ぎると南に折れた。やがて米蔵が堀沿いに建ち並ぶ西堀留川に出た。

このあたりは伝馬船で運んできた米を蔵に運び込んだり、蔵の中の米を大八車に積んだり、昼間は多くの人足で賑わう河岸だが、今は薄闇に覆われて静かな夜を迎えようとしている。

近辺には料理屋や小料理屋がいくつかあるが、おおかたが米問屋が取引相手と会食するところで、佐兵衛が向かう場所とは思われない。

案の定、佐兵衛は道浄橋を渡らずに東に折れ、小船町に出た。ここも俵物や諸色物資を揚げ、運び込む蔵が多い。

――いったいどこまで行くのだ……。

藤七が独りごちて溜め息を吐いたその時、佐兵衛が顔を上げて足早になった。

佐兵衛は、西堀留川沿いの飲み屋の角から路地へと入っていった。

路地はおよそ一間半（約三メートル）ほどか、狭い道の両側には、職人や人足たちが好む、安く飲ませる店が軒を連ねていた。

――まさかこんなところまで飲みにきた訳ではあるまい。

後を尾ける藤七は夕闇に紛れそうな佐兵衛のうしろ姿に目を凝らした。

と、佐兵衛が、小さな赤い提灯を軒に掛けた二階屋の前で立ち止まった。

腰高障子には、斜めに朱色で『菜のは』と書かれている。

佐兵衛はその前で立ち止まると、これから何かに立ち向かうような顔で、大きく息を吐き、それからがらりと戸を開けて中に入った。

一瞬だが、戸の中の灯りが外に漏れ、人の声が聞こえた。酔っぱらいの声だった。

菜のはは、この辺りにある店と同じように、安い肴と安い酒を出してくれるところらしい。

藤七は戸を開けて中に入った。

「いらっしゃいませ」

藤七を迎えたのは、顔がそばかすだらけの十七、八の小女だった。店の中を見渡すと、だいぶでき上がっているらしい二人づれの職人がいるだけで、たった今入ったはずの佐兵衛の姿はなかった。思わず勝手口に目を遣った時、

「番頭さん」

押し殺した声がしたので振り向くと、衝立の陰で七之助が飲んでいた。女を追

っていった七之助がここにいる。すると女はこの店の女将といったところか。

「柏屋はどうしたのだ、今ここに入ってきただろう」

藤七は七之助の近くに座ると、小さな声で聞いた。

「上がったんですよ、ここの女主と……」

七之助は段ばしごを指した。女が佐兵衛を二階に連れて上がったというのである。

「すまない。熱いのを一杯。湯呑みでいい。急いでいるんだ。つまみはいらん」

藤七は小女に注文すると先に代金を支払った。

すぐに酒は運ばれてきた。ちびりちびり飲みながら待つしかないと思ったが、湯呑みの酒を飲み干す前に、佐兵衛が一人で階段を下りてきた。

苦々しい顔をしている。

すると、階段を追っかけるように女が走り下りてきて、帰ろうとして草履を履いた佐兵衛の背中に、

「これで終わらないよ」

刺すような声で言った。

佐兵衛は返事もしなかったし、振り向きもしなかった。

険しい顔をして店を出ていった。

藤七は七之助を店に残して佐兵衛の後を追っかけた。

四

「こうしてみると、結構な広さですね。引っ越しをお手伝いした時にもそう思ったのですが……」

藤七は座敷を見渡して、案内してくれた彦左衛門に言った。

七之助は珍しそうにきょろきょろしている。

二人が座ったのは、諏訪町の道場にくっついて建てられている座敷だった。

道場と座敷とは廊下で繋がっていた。

屋敷全体は「コ」の字に建てられていて、庭はコの字の中にあり、そこには門弟たちが使う井戸があった。

そして大きな桜の木が一本、他は背の低い庭木が植わっている。

ついこの間までは千草が暮らしていたから、部屋も傷みは少なく、小綺麗なまま引き継いだようである。

この座敷の他にも、隣室に十四郎の起居する六畳間、その隣に彦左衛門の六畳の部屋、そして板の間の居間と台所があった。

「しかし、お内儀でもおもらいになれば少し建て増ししなくてはなりませんな。旦那様はもう歴とした白河藩士です」

　彦左衛門は白髪頭を突き出しながら言った。十四郎を旦那様と呼び、もうすっかり塙家の用人になりきっている。

　彦左衛門はさらに、

「表向きはお抱え道場主などということになっておりますが、その内実は手厚うございましてな。この爺からみれば、藩士の中でもけっして低き身分の扱いではございません。将来働きようによっては立身も夢ではございません。楽翁様の、小憎らしいほどのご配慮です」

　得意気に言った。

「すると、お弟子も増えているのですか」

　藤七もはずんだ声で訊く。

「はい。特に白河藩士の皆さんが我も我もと押しかけて参っております。ですから、昼時まで稽古に手をとられておりましてな、何、もう終わる頃ですが……」

彦左衛門は、台所女中のおとりという中年の女に茶を運ばせると退出した。

十四郎はまもなく廊下を渡って帰ってきた。

「すまんな、待たせた」

道場着のまま現れると、藤七の前に座った。稽古場の熱気がまだ冷めやらないのか汗ばんだ血色のいい顔色をしている。

「いえいえ、たったいま参りましたところです」

藤七は言い、橘屋で見ていた十四郎とはまた違った、きりりとした頼もしい姿に、思わず顔がほころんだ。だが、喜びとは別な不安も藤七にはあった。

藤七は、十四郎とお登勢が心を打ち明け合ったことなど知る由もない。

また、楽翁が二人の行く末のために、道場主に十四郎を抜擢したということも聞いているわけではない。

二人が一緒になってくれればと願う藤七は、十四郎が白河藩の厚遇を受けることを、一方では喜びながら、一方では、これで橘屋との縁が次第に切れて、お登勢との仲も離れていくのではないかと危惧している。

十四郎は屈託のない顔で言った。

「俺の稽古は昼で終わる。後は人に任せる。昼からは新米の稽古なのだ。昼飯を済ませたらそっちに行くつもりだったのだ」

「それは分かっております。いえ、お登勢様から預かったものもございますので、ご報告ついでに寄らせていただきました」

藤七は脇に置いてあった風呂敷包みを十四郎の前に押し出した。

「……」

何だ？……というように、十四郎は藤七を見た。

「どうぞ、肌着ですよ。これからはいっそう身の周りを小綺麗になさいませ、そのようにおっしゃって……」

十四郎は照れくさそうに笑うと、ありがたい、そう言って風呂敷包みを膝の横に滑らせた。そして顔を引き締めて聞いた。

「何か分かったようだな」

「はい。まず、あの女の名前ですが、おたきという女でした」

「おたき……」

「どうもお内儀のおつやさんが言っているような、男と女の関係ではなさそうですが、柏屋さんは強請（ゆす）られていますね」

藤七は、小船町二丁目の菜のはで見たことや、そのあと尾けたが、寄り道もせずに店に戻ったことも報告した。

「それにあの女、男は柏屋さんだけではないようです」

七之助が言った。緊張した面持ちで膝を揃えている。色が白く、端整な顔立ちだが、その目は鋭い。

「話してくれ、どういうことだ」

「へい」

七之助は頷くと、柏屋の佐兵衛を追って藤七が店を出た後の、女の様子を告げた。

それは七之助が酒のおかわりを小女に言いつけた時だった。

がらりと戸を開けて、浪人者が入ってきた。

髪は総髪（そうはつ）、痩せた男で、着ているものは、小袖も袴（はかま）もくたびれていた。その浪人が店の中をじろりと見渡すと、

「おい」

出迎えたおたきに顎をしゃくったのだ。

するとおたきは、二人の職人と七之助のところにやってきて、

「申し訳ありませんねえ、ちょいと急用ができましてね、今日はこれでお引き取

り願えませんか」

　帰ってくれというのだった。

　丁寧な物言いだが、有無を言わせないところがあった。七之助たちはおたきの言うなりに店の外に出た。

「なんだってんだよ、ちくしょう。もう来てやらねえぞ」

　二人の職人は捨て台詞(ぜりふ)を吐いて帰っていったが、七之助はそれから一刻(いっとき)（二時間）も寒い外で浪人の出てくるのを待った。

「ですが、浪人は出てきませんでした。あの女の本命は、柏屋の佐兵衛さんではなく、あの浪人です」

「すると、柏屋は金蔓(かねづる)か」

「そうみました。ふてえ女ですよ」

　七之助はいっぱしの調べ人の口調で言った。

「ふむ……七之助、その浪人の顔は覚えているな」

「忘れるもんですか。こうして目をつぶれば、くっきりと頭に浮かびますよ」

　目をつぶって見せた後、はっと気付いて、

「痣(あざ)がありましたからね、滅多なことで見まちがうことはありません」

「へい、顋から首にかけてこう……」

七之助は自分の手で、自分の顋から首をなぞるようにして痣のあった場所を示した。

十四郎は、考える顔になった。

五日ほど前だったろうか、お登勢に妙な話を聞いたところだった。

亡くなった夫の墓参りに行ったお登勢が、寺の門前で見知らぬ浪人に歩みよられ、

「己一人がいい気になって、いずれ天罰が下るだろう」

そう伝えておけと言った浪人にも、顋から首にかけて痣があったと……。

「十四郎様、何か……」

藤七が十四郎の顔色を見て尋ねた。

「いや、少し気になったことがあったのだが、七之助、引き続き女の店を張ってくれ」

「承知いたしやした」

七之助は歯切れよく言った。

「痣……」

橘屋から緊急の使いが来て、十四郎が古賀小一郎に朝稽古を頼んで道場を出たのは、二日後のことだった。

使いで来たのは万吉だった。

「何か大変なことが起きたらしいんだ。お登勢様も藤七さんも、近藤様も、先に柏屋さんに行ってるって」

万吉は、ハアハア息を切らして言った。

「何、柏屋に……すると柏屋に来いというのか」

「はい、そうです。柏屋さんにすぐに行って下さい」

目をくりくりさせて、はきはきと伝えた。

万吉は今年で十二歳になった。お登勢が着せているお仕着せの着物は、背が伸びて裾からにゅっと足が出ていて寒そうだったが、本人はさして気にならないようだ。万吉がこの一年で何寸伸びたか正確には分からないが、あどけなさが抜け、溌剌とした少年になったものだと、十四郎はしみじみと思った。

だが歳はといえば、まだ十二歳だ。この年頃の男の子は、確かに奉公にそろそろ出ていく者もいるが、まだ手習い師匠のところに通っている者も多い。

何かひとつをやらせれば大人顔負けのことをやることもあるが、それ以外はこれまでと同じように、飴を見せれば欲しがるし、遊ばせれば夢中になって暗くなるまで遊ぶ。ようするに背は伸びても中身はまだ子供のままなのだ。

使いに来た万吉も、これからお登勢から頼まれたものを買いに行くようだが、駄賃を貰ったんだと、着替えを急ぐ十四郎の傍で嬉しそうに言った。

「何時かおっかさんに会えるかもしれねえからな。お金を貯めて、おっかさんにおしるこを奢ってやるんだ。おいら、もう三分も貯めたんだぜ」

万吉は言った。

「それは感心だ」

十四郎の傍にいた彦左衛門が褒めると、万吉は気恥ずかしそうな顔で笑って、

「じゃ、おいらはもう行くよ。じゃあね、伝えたからね」

元気に駆けだしていったのだ。

十四郎はきりりと帯を締めると、彦左衛門にあとを頼み、大伝馬町の柏屋に急いだ。

柏屋は店を閉めていた。本日休業の札が風に揺れていて、近隣の店が客で賑わっているのとは対照的に、まるで空き家かと思われるような有様だった。

　大戸の脇の潜り戸から十四郎は中に入った。店の中には奉公人たちが集まって、ひそひそ話をしたり、静かに反物を片付けたりしていたが、いずれの顔も気もそぞろといった風だ。

「十四郎様、こちらに……」

　店の中から藤七の声がした。

「いったい、どうしたというのだ」

　店の中に上がりながら、十四郎は小さな声で藤七に聞いた。

「佐兵衛さんが人殺しの疑いで捕まったんです」

「何……」

　まわりにいた奉公人たちに思わず視線がいったが、皆首を竦めるようにして十四郎たちの会話に耳を傾けているようだった。

　急いで奥に向かい、座敷に入ると、おつやが青い顔をして座っていた。番頭の辰之助、それにお登勢と金五もいる。

「まったく、酷い話だ」

　金五はまあ座れと十四郎に手招きし、横に座らせた。

「お登勢がこちらから使いを貰ったのは今朝の四ツ（午前十時）だったが、俺もちょうど橋屋にいてな、それで一緒にここに来たのだが、近頃の定廻りの同心はどうかしている。手を抜いているのだ。確たる証拠もないのに大店の主を引っ張っていくとは、少々乱暴じゃないかな。まあ、松波さんにも知らせはしておいたのだが」

金五は憤慨した様子で、今朝のこの騒動の経緯を話した。

事件の発覚は今朝のこと、まだ東の空に太陽が顔を出した頃だった。

大工仕事に出かける勘助という男が、立ち寄った杉の森稲荷の境内で若い女が倒れているのを見つけた。

勘助は、新材木町の裏店に住まう出職の大工だが、必ずこの社にお参りをしてから出かけるのが常だった。今日一日の無事を祈り、家族の健康を祈り、さらには仕事が今日のように途切れなく入ってくれることを願ってのことだ。

いわば習慣になっているのだが、若い女が倒れていたばかりか、既に死んでいたことに仰天し、慌てて番屋に走ったのだ。

死体はすぐに番屋に運ばれ、連絡を受けた南町の同心がやってきた。

同心の名は、畑中頼蔵、中年の痩せた男だった。

畑中は女の体を検めた。

女は胸を鋭利な刃物でひと突きされて死んでいた。

凶器は匕首（あいくち）、殺人を犯した者は男に違いないと見当をつけた。

そして女の袂にあった赤い襷（たすき）から、女が和国（わこく）橋袂にある小料理屋『華房（はなふさ）』の女中で、名をお鈴（すず）というものだと分かった。

華房に連絡するとすぐに女将が飛んでやってきた。そして、昨夜お鈴は、大伝馬町の柏屋に呼び出されて外出したまま帰ってこなかったと言ったのである。

華房ではお鈴の帰りが遅いのを皆案じていた。だが女将は、これまでの柏屋との関係をお鈴から聞いていたから、何か事情があって、帰ってこられないのかもしれない、そう思っていた。

お鈴のそれまでの話では、柏屋とは、ある神社で知り合ったというのだが、親身になって何かと気遣ってくれる父とも兄とも思える人だと聞いている。女将は頼蔵にそう話したのだ。

ところが頼蔵は、しきりに柏屋を疑っている口ぶりで女将にいろいろ尋ねてくる。

そこで女将は、

「私は柏屋さんを知っておりますが、評判通りの方です。お鈴ちゃんから聞いている通りの方だと思ってきました。その柏屋の旦那が、お鈴ちゃんを殺すなんて考えられません」

きっぱりと伝えたのだった。

だが、早朝早々柏屋に踏み込んだ畑中頼蔵は、自分が使っている岡っ引の巳之吉が、柏屋の庭で血糊のついた匕首を見つけたと言い、柏屋佐兵衛を有無を言わさずしょっぴいていったのである。

「お鈴という若い女のことなど、おつやさんは知らなかったというんです。しょっぴかれる佐兵衛さんにそれを質すと、佐兵衛さんは、ただ、すまん、許してくれと謝るばかりで」

藤七が説明した。

「すると佐兵衛は、お鈴とは何らかの関わりがあったと認めたということか」

十四郎が問い質す。

するとおつやが言った。

「そうだと思います。でも、家を出る時に夫はこう申しました。私は人を殺めたりしない。それだけは信じてくれと……」

「そうか……」

「確かに昨夜（ゆうべ）、佐兵衛は出かけました。でも、夜の五ツ（午後八時）には帰ってきておりました」

続けて辰之助が言った。

「もし旦那様が刃物で人を殺めたのなら、返り血のひとつもあびている筈です。ご覧になって頂ければ分かりますが、昨夜旦那様が着ていた着物には血痕ひとつついておりません。血のついた匕首のことだってそうです。旦那様はまったくおぼえがないと……」

あまりにも乱暴なやり方だと、辰之助は訴えた。

「番頭さん、刃物が見つかったという場所は何処だ」

十四郎は辰之助に言い、座敷の前に見える庭を見渡した。

五

柏屋の主佐兵衛が引っ張られたという新材木町の番屋に、十四郎が金五と出向いたのはまもなくのことだった。

だが、佐兵衛は既に茅場町（かやばちょう）にある大番屋に移されたあとだった。

「ずいぶん手回しがいいのだな」

金五は呟いた。これを聞きつけた番頭の小者が、申し訳なさそうに言った。

「なんでも巳之吉親分が証拠はそろってるんだと言いましてね。白状するのも時間の問題だとも……」

「まったく……南町はこれだから」

金五は舌打ちして、

「俺は松波さんに会ってくるよ」

番屋の前で十四郎と別れた。

通常、番屋と呼ばれている自身番屋に留め置かれているのと、調べ番屋の異名もある大番屋に連れていかれたのでは、犯した罪をどう見ているかという点では、大変な違いがある。

番屋と呼ばれる自身番屋に連れていかれた段階では、与力の調べなどはなく、同心が調べて、小伝馬町に送るほどのものでない事件は、番屋で説諭して家に帰すことも多い。つまり番屋に身柄がとどまっているということは、罪とはいえないほどの軽い事件ともいえる。

一方、番屋から大番屋に移されたとなると、これは犯した罪は明白だし、さらに調べ上げて入牢証文をとり、小伝馬町に送り込もうということになる。

大番屋には町奉行所から与力が出張ってきて、あらかた調べるわけだが、ここで疑いは希薄だとして、放免だ、町預かりだとなることは、ないことはないが難しい。

つまり、大番屋に送られた時点で、佐兵衛の人殺しには疑いの余地はない、罪を白状するのは調べ次第だと見られているということだ。

金五はだから松波に会いに行ったのだ。もっと慎重に調べをしてほしいと思ったに違いないのだ。

事件は南町奉行所の調べになっているから、北町奉行所の与力である松波が口を出せるものではないかもしれないが、それでも足を運ばずにはいられなかったのだ。

それというのも、先ほど柏屋の庭で十四郎が調べて分かったのだが、匕首は、塀の外から庭に投げ入れたものだと思ったからだ。

匕首は板塀近くにあったらしい。辰之助が指したその一角から、塀を眺めて気づいたのだが、塀の上に血痕がついた懐紙がひっかかっていたのである。

木の枝が邪魔していて、先に匕首を見付けたという南町の同心畑中も岡っ引の巳之吉も、気づかなかったものと思われる。

匕首は、お鈴を刺した後、懐紙に包んで柏屋までやってきて放り込んだ……そうとしか考えられなかった。

佐兵衛が下手人なら、いくらなんでも、そんな馬鹿をやる筈がない。庭に捨てるのだって、穴を掘って埋めることだってできる。わざわざ外から投げ入れる必要があるのか、否である。

その事実を番屋に持っていって佐兵衛を解き放してもらおうと思ったのだが、手柄を急ぐあまりか、それとも多くの事件を抱えているのか、南町のやり方は、十四郎の目にもぞんざいに映った。

佐兵衛は、見たところ、決して気丈夫な男ではない。大番屋で繋がれている容疑者たちが厳しい扱いを受けているのを目の当(ま)たりにすれば、早く今の苦しみから逃れたいと、やってもいないことを認めてしまうかもしれないのだ。

しかも佐兵衛は、小頭から店の主に抜擢された男だ。これ以上店に迷惑を掛けるとなったら、自分を犠牲にすることだって厭(いと)わないに違いない。

佐兵衛を救い出す道はたったひとつ、佐兵衛の無実を証明することだ。

「すまぬが、お鈴とやらが殺されていた場所に案内してくれ」

十四郎は小者(こもの)に頼んで、新材木町の傍にある杉の森稲荷に向かった。

「ここです、ここにお鈴は俯けになって……」

小者は稲荷に入るとすぐ、地蔵堂の右の方を指さした。しゃがんで辺りを見渡すと、まだ血痕もなまなましく残っていた。

「お鈴の家は……？」

十四郎は聞いた。

「へい、隣町です。大通りを渡った田所町の裏店だと……そこから華房に通っていたようです。ただ、一人暮らしで、亡骸の引き取りには家主の又兵衛という者が参りやした」

「お民ちゃん、これを片付けてちょうだい」

お登勢は活け終わった白梅と黄色い水仙を眺めたのち、油紙の中に切り落としていた枝の残骸を、一所に集めて声を上げた。

「失礼します」

お民はすぐにやってきた。

座って戸を開けて中に入ってくると、襷をした腕で油紙を折りたたみ、

「ほんとにきれい。それに香りがいいですね」

お民はうっとりとお登勢が活けた花を見た。

「そろそろお民ちゃんにも、お花の活け方を教えてあげなくてはね」

お登勢は言った。

「ほんとですか」

お民は嬉しそうに目を輝かせた。

「ええ、仲居頭のおたかさんの手助けができるようにね、泊まり客の部屋のお花ぐらいは活けられるようにならないと」

「嬉しい。おっかさんが喜びます」

お民は弾んだ声で言い、

「年のせいか近頃は、風邪をひいたといっては床につき、お腹が痛いといっては横になって、翌日はけろっとしているのに、どうやら何でも大げさに考えるようになったんじゃないかって兄さんが言ってきているんです。でも私のことは特別らしく、こちらの暮らしを書いた手紙が届くのを楽しみにしているようですから……」

お民は、くすりと笑った。淡く紅をさした唇は、お民には頃合いで、初々しく清潔な感じがする。

お民は、深大寺ちかくの百姓の娘で、知り合いのつてで橘屋に奉公しているが、今年で十八歳になる。

もうすっかり年頃の娘である。いつ橘屋を辞めて嫁に行くなどと言い出すか分からない年頃なのだ。

それまでには、一通りのたしなみを教えてやらねばならないと、お登勢は考えているのである。

なにしろ、余所に奉公にやるよりも、深川の橘屋に行けば他の宿や商家では得られない躾けをしてくれると、辞めていった仲居や女中たちが世間で評価を受けている。

ありがたいが、奉公人の躾けひとつにも手を抜けないお登勢である。

お登勢は、床に飾った花を見詰めて苦笑した。この橘屋の主でいる限り、寺宿としての務め、『三ツ屋』の主としての務め、奉公人のこと等々、考えていると自分のことなど二の次になる――。

「お登勢様、近藤様と十四郎様がお見えです」

仲居頭のおたかが顔を出して言った。

お登勢は鬢に手をやり、乱れのないのを確かめてから二人を迎え入れた。藤七も一緒に入ってきた。

一同が座るのを待ってお登勢が言った。

「近藤様、いかがでしたか、松波様のお考えは……」

「うむ、協力を頼んできた。ただ、今度の事件は南町の領分だ。よほど佐兵衛が白だという証拠を摑まねば、横槍を入れることはできないと言っている」

「……」

お登勢は金五の話を頷いて聞いていた。何か考えている様子だったが、

「これは、事件とは関わりのないことかもしれませんが……」

皆を見渡し、

「七之助さんの話では、昨夜から小船町のおたきという人の店は閉まったままのようです。ひきつづき見張るようには言ってありますが……」

少しひっかかるのだと言った。

「それにしても佐兵衛は、これまで分かっているだけでも、菜のはのおたき、それに殺された華房のお鈴、女ふたりと関係があったとはな……大店の主人としては失格だ」

金五は呆れた顔で言った。

「それだが……」

十四郎がおもむろに言った。

「佐兵衛が二人の女と関係があったといっても、男と女の関係だったのかどうかは分からぬぞ」

「そうかな、だったら、何故金をむしり取られているんだ」

金五は不満の声を上げた。

「確かにおたきの場合は関係があったかもしれん。ただお鈴の場合は、少し違うようだったな」

十四郎はこの日、お鈴が殺されていた稲荷を見た後、お鈴の長屋に行っている。

お鈴は、田所町の裏店に一人で住んでいた。十四郎が訪ねた時には大家の又兵衛の指揮で、長屋総出でお通夜の用意をしていた。

お通夜といっても線香を手向(たむ)けるのは、長屋の者と奉公先の華房の者ぐらいだ。金のかからぬ質素なものだった。

十四郎が橘屋の名を出し、佐兵衛との関わりを述べると、又兵衛は、

「柏屋さんのことは、お鈴ちゃんから聞いています」

そう言ったのだ。

又兵衛の話では、お鈴は感心な娘で、つい半年前まで半身不随になった父親の面倒をみながら華房に勤めていたというのである。

半年前に父親が亡くなって、お鈴は相当堪(こた)えたのか、瞬(またた)く間に痩せた。

だが、そのお鈴の顔に光が差すようになったのが去年の暮れのこと、

「いい人でもできたのかい」

又兵衛がからかって聞くと、

「まさか……」

お鈴は、くすくす笑って、

「大伝馬町の柏屋さんが励まして下さって、いい人じゃないけど、おとっつぁんのような人だから」

そう言ったというのである。

実際又兵衛は、昨年末に、お鈴が風邪をひいて寝込んでいた時に、柏屋佐兵衛が長屋にやってきたのを見ていた。

佐兵衛はその時、長屋の者に、お鈴さんをよろしくお願いしますと言ったらしい。

その話はぱっと長屋中に広まって、まさかお鈴さんは妾(めかけ)になったんじゃない

だろうね、などと噂する女もいたらしいが、娘らしい道具も、晴れ着ひとつもないような暮らしを見ると、柏屋の妾などしていたとは思えない。

ただこのたび、お鈴の通夜をするために家の中に入ってみると、親の位牌をまつる木箱の横手に風呂敷に包んだものがあり、それには、木綿の着物地一反と、美しい友禅（ゆうぜん）染の紙入れが入っていた。

お鈴が手にした贅沢は、それぐらいのものだったのだと又兵衛は話してくれたのだ。

「いや、それは贅沢とは言えまい。きっとその反物は、佐兵衛が持ってきたに違いないのだが……」

十四郎は言った。

「と、いうことはだな。佐兵衛がお鈴を殺す動機など見つからない、そういうことだな」

金五が念を押す。

「そうだ、俺がひっかかるのは、お鈴の傷だ。胸をひと突き、得物（えもの）は確かに匕首だと思われるが、あれほどの技は剣術のたしなみがなければ無理だ。あるいは人を殺（あや）めるのになれている輩（やから）か……」

十四郎は、白い胸に残っていた痛々しい刃物の痕を思い出していた。

「でも、佐兵衛さんが、私が殺ったなんて言うかもしれない」

お登勢は言った。佐兵衛の気弱な性格をお登勢はどこまでも案じているのである。

小伝馬町に送られれば、さらに厳しい調べが待っているし、牢の中で生き延びるには強靭な心身が必要だ。たいがいの者は音を上げて罪を認めるとも聞いている。

「確かに……もう、どうあがいても助からないと知れば、自暴自棄になることもあるだろうな」

金五も言った。佐兵衛のことを話していると、どうも最後にはそこに行きつく。

一同はしばらくおし黙った。重たい空気を分かち合った。

口を開いたのは十四郎だった。

「よし、俺が大番屋に出向いてみる。南町の出方など待ってはおれぬな」

「私も参ります」

お登勢も言った。

六

二人が茅場町大番屋に出向いた時、佐兵衛は与力の取り調べが終わったところだった。

知り合いの者だと告げると、巳之吉と名乗るあばた面（づら）の男が出てきて、

「佐兵衛は強情な男で与力の旦那の手を煩（わずら）わせている。正直に話せば楽になる、お目こぼしもあるのだとよく言い聞かせるんですな」

横柄（おうへい）な態度で言った。

これにはお登勢もかちんときた。

「それはおかしいのではございませんか。自分たちの筋書きどおりに話をしないから正直じゃないとはいかがなものでしょう」

「なんだと……」

巳之吉は気色（けしき）ばんだが、

「止めろ、巳之」

後ろから声がした。

奥から出てきたのは巳之吉が手札(てふだ)を貰っている同心の畑中頼蔵という男だった。

「慌てることはねえ。そう長くは頑張れねえよ」

薄笑いを浮かべると、巳之吉を連れて大番屋の外に出ていった。

大番屋の中には相当の数の人間が留め置かれているらしく、縄を解いてくれ、水をくれ、薬をくれ、などと板戸一枚のむこうから様々な声が聞こえてくる。

大番屋にいっとき収容されている容疑者たちの数はどれほどのものかは分からないが、十人や二十人という数ではなさそうだ。

もっとも、与力じきじきに捕り方を従えて捕縛したような凶悪犯などは、町奉行所内の留置所に入れられて調べを受けているから、牢屋敷に送られる者たちといっても、ここに収容されている者たちは重犯罪の者ではない。

それでもこのご時世だ。天候が悪ければ地方では飢饉(ききん)が続き、それに加えて洪水や火事に見舞われ、家屋敷ばかりか田畑を失い、村を欠落(かけおち)して江戸に出てくる者は年々増えていると聞いている。

そういった者たちは、ほとんどが無宿(むしゅく)となる。無宿人は食わんがために犯罪に手を染めることが多いから、年々小伝馬町送りも多くなるというわけだ。

さながらここは、小伝馬町の牢屋敷を彷彿(ほうふつ)とさせる有様である。

「こちらでお待ちを……」

大番屋の小者は、役人が詰めている畳の部屋のとなりにある板敷きの小部屋に、十四郎とお登勢を案内した。

待っている間にも常に留め置かれている者たちの声が聞こえる。火鉢はむろんのこと、何もない殺風景な部屋で二人は言葉を見失ったように座っていると、ようやく戸が開いて、腰に縄をつけられた佐兵衛が入ってきた。

佐兵衛は髪を振り乱し、着物の前もだらしなく割れ、無精の口ひげも目立つ哀れな姿で、二人の前に座らされた。

「あんまり長居は無理だぜ」

小者はそう言うと出ていった。

「柏屋さん……」

あまりの憔悴ぶりにお登勢は絶句した。

「橘屋のお登勢さん……」

どうしてここに来たのかと、佐兵衛は怪訝な様子である。

お登勢と十四郎が佐兵衛に会ったのは、先日木綿の反物を買いに行った時のほかはないのだから当然だった。

「実はな、佐兵衛」

十四郎が、おつやから駆け込みの相談を受けていたことを告げると、佐兵衛は驚いた様子だったが、

「まさかとは思っていました。お二人が突然うちのお店に見えた時です」

佐兵衛はそう前置きすると、おつやが不審に思うのも無理はない。ただ自分は、おつやを裏切る気などなかった。何もかも打ち明けますので、どうかおつやに伝えてほしいと神妙な顔で言った。

それは今から半年前のことである。

佐兵衛は向島にある本光寺に参った帰りに、三囲稲荷に立ち寄った。いつもは番頭か手代を供に連れているが、この日は自分一人でだった。

本光寺には亡くなった両親と妹の墓があった。年に三回祥月命日に墓参りをするのだが、この日は、妹のおさきの命日だった。

佐兵衛こと清七の両親は、本所の中之郷瓦町に住んでいた。昔はこの辺りで田畑を耕して暮らしていたのだが、その田畑をお上から町屋に召し上げられてからは、瓦を焼いて暮らしを立てるようになっていた。

大方の人が同じような境遇をたどり、この辺り一帯は、毎日瓦を焼く煙が立ち

上っていたが、生活は苦しかった。

清七の父親は倅に瓦を焼けとは言わなかった。むしろ、商人になった方が良い暮らしができると、清七が十三歳の頃に伝手を頼って柏屋に奉公に出したのである。

妹のおさきも十三歳で深川の小料理屋に住み込みで奉公に出た。家族揃うのは年に一度か二度だった。そんな時はよく三囲稲荷に妹と行って桜餅を食べたものだった。

おさきの稼ぎは、その頃は清七より多かった。両親の暮らしを支えていたのはおさきだったのだ。

まもなく清七が柏屋の養子と決まり、これからは妹に代わって自分が実家の面倒も見、妹の行く末も考えてやらねばと思っていた矢先、両親が流行病で亡くなった。そして、翌々年、今度はおさきが原因不明の病で亡くなったのだ。

三囲稲荷に参ると、おさきが元気な頃の姿を思い出して辛いのだが、妹一人に苦労をかけたという想いが、毎度佐兵衛の足を向けさせるのだ。

その時も妹の墓に参った佐兵衛は三囲稲荷に立ち寄った。

ところが神社の境内で、しゃがんで鳩に餌をやっている娘に出会った。娘は涙を流しながら餌をやっている。

　佐兵衛は近づいて声をかけた。

　はっと娘は振り返ったが、その顔を見て、佐兵衛はどきりとした。亡くなった妹に似ていたからだ。

「なぜ悲しんでいるのかね、差し支えなかったら話してくれないか。悲しみも人に話せば半分になるという」

　佐兵衛が言った。

　女は、じっと佐兵衛を見詰めていたが、

「おとっつぁんが亡くなったんです……おとっつぁんとは、二度ここに遊びに来たことがあります」

　女は涙を袖で拭った。化粧もせず、身なりも桟留の着物に黒繻子（くろじゅす）の帯、粗末な下駄を履いていて、いかにも質素なものだが、まだ清純な香りのする娘である。

「それは奇遇だ。私も妹を亡くしましてね。この稲荷には思い出があって立ち寄っているのです。そうそう、私は大伝馬町にある柏屋という木綿問屋の佐兵衛というものです」

　佐兵衛は娘を境内の桜餅屋に誘った。名物の桜餅は、ここでも茶菓子として出してくれたのだ。

「おいしい……」

女は素直に喜んだ。またそれが可愛らしい。佐兵衛はにこにこして、桜餅をほおばる娘を見ていたのだった。

すっかり心を許したのか、女は名をお鈴と名乗り、身の上話をしてくれた。

それが縁で、佐兵衛はお鈴が勤めている華房に通うようになったのだ。

華房に客として上がるだけではなくて、お鈴が休みの日には、町に連れ出した。

娘らしい恰好をさせてやりたいと、簪や紅を買ってやろうと言ったが、お鈴はあたしには不釣り合いだと断った。

「こうして一緒に過ごしていただくだけで十分です」

しおらしいことを言う。

恋という恋をしたことのない佐兵衛は、だんだんのめり込んでいくのが分かった。

同時にお鈴も、初めは兄か父親を見るような目をしていたのだが、だんだんと佐兵衛を見る目が、男を慕う一人前の女の目になっているのに佐兵衛は気付いていた。

ある日のことだ。夕暮れ時に待ち合わせをしていたのだが、先代からの取引先との談合がうまくいかず、約束の時間に遅れた。

この日はお鈴の誕生日で、佐兵衛は友禅染の端切れ地で作った二つ折りの紙入れを渡してやるつもりだった。

——お鈴も楽しみに待っているに違いない。

佐兵衛は降り出した小雨の中を傘を差して約束の場所に急いだ。もしやこの雨で待ってはおるまいと思っていたが、お鈴は小雨に濡れながら、じっと佐兵衛を待っていた。

「お鈴ちゃん、駄目じゃないか」

傘を差し掛けた佐兵衛に、

「だって、傘をとりに戻ると佐兵衛さんに待ちぼうけを食わせちゃうもの」

お鈴は笑った。

その笑顔のいじらしさに、佐兵衛は傘を差し掛けながら思わずお鈴の肩を抱きしめていた。雨に濡れたお鈴の体は、ひんやりとしていた。

お鈴は熱い目で見上げてきた。

いとおしさが胸にこみあげ、佐兵衛はお鈴の口を吸いたかったが、お鈴の濡れた顔を掌で拭ってやってごまかした。

いまここで、お鈴の口を吸えば、この娘を不幸にしてしまう。お鈴はこれから、似合いの男と所帯を持ち、子供を育て、幸せに暮らす道があるのだと思ったのだ。

「確かに、私はいつのまにか、お鈴ちゃんに気を奪われておりました。ですが、お鈴ちゃんを殺す理由など、どこにあるというのでしょうか」

佐兵衛は言い、話を中断して十四郎と、そしてお登勢を見た。


「すみませんが、できるだけ手短にお願いします。他にも面会をしたいという人が待っておりますので」

小者が伝えに来た。

お登勢は素早く懐紙を膝に二枚出し、それぞれに小粒を包み、

「うっかりしておりました。こちらはあなたに……、そしてこちらは皆さんと甘いものでも食べてください」

小者に手渡した。

「こりゃあどうも。なに、あと四半刻（三十分）ぐらいならなんとかなります」

小者は懐紙の包みを握りしめると出ていった。

「ここもね。付け届けがある者には手加減するんです」

佐兵衛は言って苦笑したが、すぐに真顔になって、

「私がお鈴ちゃんをあの晩華房から呼び出したのは、もうしばらく会えない、ただし、何か困ったことがあった時には遠慮なく知らせるようにと、それを伝えたかったからです」

「脅されていたからですね、菜のはのおたきという人に……」

お登勢の問いかけに佐兵衛は頷いた。

「どういう関係なんだ、あの女とは……」

じっと十四郎は見る。

「………」

佐兵衛は答えず溜め息を吐いてみせた。

「おたきは今度の事件に関係ないのか」

「いや……」

佐兵衛は観念したのか、顔を上げて語り始めた。

それによると、佐兵衛がおたきの店に行ったのは、雨の降る日にお鈴を抱き寄せたその夜のことだ。

佐兵衛はお鈴を長屋に送り届けると、そのまま店に戻る気持ちになれずに、ふらふらと菜のはに入っていったのだった。

菜のはには、他に客は一人もいなかった。

佐兵衛にとっては幸いだった。なにしろ佐兵衛は普段は酒は飲まないことになっている。養子だという立場が佐兵衛の頭に常にあるからだが、飲めないわけではない。

商談のための接待の折には一杯の酒も飲まないというわけにはいかず、少しは飲む。手代の時代にも同輩と一緒に飲みに行ったことはある。

ただ、一人で飲みに出ることは、これまでに一度もなかったといっていい。

だがこの日は、無性に飲みたかった。

「湯呑み茶碗でくれ、熱いのがいい」

酒を頼んだ佐兵衛の傍に、おたきはべったりと座って言った。

「何か嫌なことがあったのね。沢山飲んで……お酒で忘れちゃいなさいよ」

おたきの言葉にほだされるように、佐兵衛はこれまで覚えがないほど酔っぱらった。そして、その酔っぱらった勢いで、佐兵衛はお鈴の話をし、若い女に惚れてしまった中年男の切ない胸のうちを自嘲まぎれに吐露してしまったのだ。

「可哀相な旦那、いいわ、あたしがかわりにお相手してあげる」

むっちりとした肌を寄せてくると、おたきはいきなり佐兵衛の手を摑んで自分の胸に押し入れたのだ。

手を引こうとしたが、おたきの力は強く、佐兵衛の手はおたきの豊かな乳房を摑んでいた。

あたたかく、柔らかな感触が佐兵衛の拒む気持ちを萎えさせていった。もう佐兵衛には、あふれ出る男の欲情を押し込める分別はなくなっていた。

「……」

佐兵衛は、そこまで話すと、思い出したくないことに触れたような苦々しい顔で俯いた。

「お店にやってきてたびたびお金を脅し取るなんて、法外な代償でしたね、佐兵衛さん」

お登勢が静かに言った。

佐兵衛は力なく頷いた。そして俯いたまま言った。

「あの女は、たった一度のその時のことと、私がお鈴を想っていたことも、全ておつやにばらしてやると……」

「いったい、これまでにいくら脅し取られたんだ」

十四郎が聞いた。

「百五両……」

十四郎とお登勢は呆れて顔を見合わせた。

「殺したいのは！」

佐兵衛は顔を上げて怒りの言葉を発した。

「殺したいのは、あの女だ」

十四郎とお登勢は、佐兵衛の無実を確信して大番屋を出た。

「おつやさん……」

お登勢は表に出たところで驚きの声をあげた。

大番屋の戸口に、風呂敷包みを抱えたおつやが立っていたのだ。

七

おつやは、気丈夫な女だった。

佐兵衛の着替えや好物を届けに来たというおつやをお登勢が誘い、近くの、日

本橋川が見える小料理屋の二階に上がって佐兵衛から聞いた話を伝えると、おつやは俯けていた顔を上げて、

「お手数をおかけしました。ありがとう存じます」

大店の女将らしく礼を述べた。

「失礼致します。灯りをお持ちしました」

その時、障子戸のむこうで声がして、女中が灯りを持って入ってきたが、お登勢が前もって食事はいらないと告げ、十分な部屋代を払っていたから、女中は余計な声もかけずにすぐに部屋から出ていった。

十四郎とお登勢がおつやを誘ってこの店に入ってきた時には、三人が座っている部屋の窓から、川を上り下りする船が幾艘も見え、船頭たちの威勢のいい掛声が聞こえていたが、今はもうない。

話に夢中で気が付かなかったが、薄闇に包まれはじめた部屋の中は、話の内容が内容だけに、侘しさが一段と募る。

おつやの反応が心配だったが、女中が部屋を出ていくと、

「私、佐兵衛さんの気持ちが分かります」

ぽつりと言ったのだ。

「佐兵衛さんを許してあげることができますね」

お登勢は静かに聞いた。

「はい」

おつやは、はっきりと頷いて、

「あの人は……本当に苦労を重ねてきました。ひとつひとつお話ししなくても想像がつくと存じます。そんなあの人に、私はお店の女将としての仕事に追われて寄り添ってあげられなかった……佐兵衛さんがこんなことになって初めて気付きました」

夫の妹の墓参りのことも、二年ほどは同道したが、これも忙しさにかまけて、おつやは行ってはいない。

「お前はいいから……」

という佐兵衛の心遣いに甘えていた。だからいっそうお鈴さんという娘さんに心が動いていったのかもしれない。おつやはそう言ったが、行灯の灯に照らされたおつやの表情には、深い哀しみが見えた。

家付き女房とはいえ、おつやも女である。心を奪われた可愛らしい若い女がいたと聞けば、たとえ男女の関係がなくても傷つく。

ましてや佐兵衛は、お鈴への想いが積もる余り、たった一度とはいえ、その晩会ったばかりの得体の知れない女を抱いたのだ。

おつやがそれを聞いて離縁を決心しても、誰もおつやを責めないだろう。婿養子は、自分に離縁の権限はない。三行半を書くのは妻の方なのだ。婿養子が気に入らないとして、離縁する家付き女房は世間にはいくらでもいる。

「男同士で庇うわけではないが、ほんのちょっと魔がさしただけ……そう思えんか、おつやさん。お鈴のことは佐兵衛の言う通り、何もしてやれなかった妹を想うあまりのことだったのだ。おたきに至ってはゆきずりの女だ。惚れたはれたという話ではない」

十四郎は慰めた。するとお登勢が、

「それはいかがなものでしょうか。不貞は不貞じゃありませんか。女はそう見ます。魔がさしたなんておっしゃっても、それは男の言い訳にすぎません」

ぴしゃりと言った。だが、本気でないのは目もとの笑いで分かる。

「お登勢……」

それでも一瞬十四郎はうろたえた。

「だって、そのゆきずりの女に脅されていたではありませんか」

まったく、男の人というのは、なんて都合のいい言い訳を考えるものかと思ったが、お登勢は口には出さなかった。

十四郎が頭を掻いて苦笑しているのを笑って見遣ると、おつやに言った。

「おつやさん、こんなことになって佐兵衛さんは気の毒に思いますが、だからといって、私はおつやさんがいけなかったとは思いません。私がおつやさんでも、同じだったと思います。おつやさんは、嫁に入った身ではないんですもの、率先して店を守っていかなければならない立場ですもの。夫や家事に行き届かないところがあるなどと誰が責めることができるでしょうか」

「ありがとうございます。私もそう言っていただくと、気持ちが少し楽になりました。改めてお願い致します。どうぞ、夫が無実で大番屋を出てこられますようご尽力下さいませ」

おつやは手をついた。

「佐兵衛が弱気にならぬが肝心、お内儀の励ましが佐兵衛にはなによりの力だ」

十四郎の言葉に、おつやは深く頷いていた。

「店は閉めてんだ、誰だい、あんたは⁉」

店の中から、尖った声を発しているのは、間違いなくおたきだった。

七之助は店の外から腰高障子の下にしゃがんで耳を障子戸に付けた。

おたきはあれから店を閉めたままだった。そこへ先ほど、浅黄色地の縞の着物を着た男がやってきて激しく戸を叩き、おたきが出てきたところを、押し込むようにして中に入ったのだ。

おたきの第一声から推測すると、男とおたきは初対面のようだった。

だが男は、押し殺した聞き取れないほどの声で何か話した。すると突然おたきが叫んだのだ。

「あんた、いい加減なこと触れ歩いたら承知しないよ！」

「いい加減なことだってのか……」

男の語気が強くなった。

「そうじゃないか、何を証拠に言ってんだい」

「証拠はあるぜ……あるけど今日は持ってきてねえ。引き替えだって言ってるだろ」

「ふん、そんなものがある筈はないんだ」

「そうかい、それならいいんだ。ただな、あっしがお畏れながらと町奉行所に駆け込めば、お役人はあっしの話を信じる筈だぜ。見た者でなきゃあ分からねえことがあるからよ。作り話じゃできない話があるんだ」

「……」

「誰も知らないと思ったら大間違いだ。壁に耳あり障子に目ありって言うだろ。当の人間は誰も見てない聞いていないと思っていても、案外人に知られているもんだぜ。しかもあんた、稲荷の中で殺(や)っちまったんだ」

「分かったよ、何時、何処に持ってきゃいいんだい」

「やっと分かったようだな。明日昼の八ツ、両国(りょうごく)橋の上だ」

「なんだって、昼の八ツなら沢山の人がいるじゃないか」

「それがいいんだよ。大勢の前であっしを殺すってぇわけにはいくまい。いいか、必ずお前さん一人が持ってくるんだ。約束を破ったら、そのまま町奉行所に駆け込む。分かったな」

男がそう言い切ったのを聞いて、七之助は素早くその場所を離れて物陰に身を隠した。

がらりと戸を開けて男が出てきた。

路地裏に灯る店の軒行灯の光を頼りに、男は足早に去っていく。七之助は男の後を追った。

男は裏通りを北に向かった。まだ宵の口で、酒の安い店を求めて繰り出してきた男たちと何度もすれ違った。

表の通りと違って灯りもけばけばしいものが見える。男はそんなものには目もくれなかった。

まもなく広い道に突き当たった。男は背中を丸めるようにして右手に折れた。

七之助も右に折れたが、

――おや……。

背後に不穏なものを感じて振り返ると、浪人がついてくるのが分かった。

――いけねえ、尾けられてる。

七之助はとっさに道端にしゃがんで草履の鼻緒を直すふりをして浪人をやり過ごした。浪人は七之助のことなど意に介する風もなく、前の男を追っていく。

あいつは殺されると、七之助は前を行く男を見た。

浪人は、おたきの店で見た、あの浪人だった。

総髪の痩せた男で、顎から首にかけて痣のある、あの浪人だ。

先ほど男がおたきを脅していたのを、きっと浪人は店の奥で聞いていたに違いないのだ。

行く手に東堀留川が見えてきた。架かっている橋は和国橋、その橋を渡って新道に入ると、お鈴が殺されていた杉の森稲荷はすぐそこだ。辺りには人通りはなくなっている。

——殺るのなら、この辺りか。

七之助は緊張した。自分も巻き込まれかねないからだ。

堀留通りに男が出たのを見て、七之助は猛然と走って浪人を追い抜き、男に近づくと、その腕を摑まえて言った。

「殺されるぞ、来い」

男の腕を摑まえて、有無を言わさず河岸に走った。

船着き場に客待ちの猪牙舟が見えたからだ。

「すまねえ、金は弾むぜ、急いで出してくれ」

舟の舳先で煙草をくゆらしていた船頭に叫んだ。同時に舟に飛び乗ると、浪人がこちらに向かって走ってくるのが見えた。

「早くしてくれ！」

七之助の血相に船頭は慌てて舟を出した。棹（さお）でひと突き、川の中ほどに猪牙舟を押し出した時、

「……」

岸辺に立ってこちらを睨む浪人を見てぞっとした。

「いったい、どうしたっていうんだ」

「馬鹿、おめえ、女を脅したろ、だから命を狙われたんだ」

男はぎょっとして七之助を見た。

「俺は深川の寺宿橘屋の者だ」

「橘屋？」

「そうだ、知らねえのか。お上の息がかかっている宿だ」

「な、なんだって」

男は目をまんまるくして驚いたようである。

「いいから、俺の言う通りにするんだ」

七之助は男を制すると、船頭に言った。

「すまねえ、佐賀町（さがちょう）の三ツ屋（みや）までやってくれ」

八

その三ツ屋では、十四郎、お登勢、金五と松波が険しい顔をして座っていた。

佐兵衛の小伝馬町送りが決まり、それを佐兵衛に告げたところ、佐兵衛は仮牢の中で、密かに持参していた毒をあおったというのである。

幸い傍にいた男が騒いで、佐兵衛はすぐに医者の治療を受けたらしいが、生死の境を彷徨(さまよ)っているというのであった。

十四郎とお登勢が、おつやと別れてまもなくのことだったらしく、おつやは店に戻ると再び大番屋に走ったらしい。

「あれほど言っておいたのに……」

お登勢はそれが残念だった。

ことは悪い方に展開しはじめたようだ。

「それだが、ちょうど私が一度佐兵衛の様子を見ようと大番屋に立ち寄ったところでその話を聞いたのだが、どうやら小者の話では、巳之吉が戻ってきて、こっぴどくやったらしい。もうお前はこれでおしまいだと……いくら白(しら)を切っても、お前が捕まって大番屋にいることは、近隣の者は気付いている筈だ。お前は、婿養子の癖に柏屋の看板に泥を塗った恥さらしだとな」

松波が言った。

「なんてことだ。それで私がやりましたと言ったのか……」

金五が顔をしかめる。

「いや、それは言っていないらしい」

「生きていても恥だと、柏屋のためにならないと思ったんでしょうね」

お登勢は言った。

松波の話によると、畑中頼蔵は今は定廻りだが、とかくの失態があって他の部門に移されるのではないかと噂されているらしい。

手下に使っている巳之吉も、南町奉行所出入りの岡っ引仲間から総スカンをくらっている男で、昔は本所で高利貸しの取り立てをやっていた曰くつきの男らしい。

二人にとって定廻りを外されるということは、屈辱でしかない。左遷同然で異動させられるのなら、少々乱暴なことをしても手柄を上げたいと思っても不思議はない。

「付け届けがあって潤沢に暮らせるのは、同心では定廻り、隠密廻りが筆頭だ。それを手放すというのは死活問題なのだ」

困ったものだと松波は苦々しい顔をした。

「だからといって、動かぬ証拠があるわけでもない事件をでっち上げて、無実の者を罪人にするなんて」

お登勢は怒りに声を荒らげた。

その時だった。

階段を慌ただしく踏みしめる音がして、

「七之助です」

廊下に硬い顔をした七之助が座った。七之助は若い男を連れていた。

「十四郎様、この男の話を聞いて下さい」

七之助はそう言うと、ご覧の通り北町与力の松波様もいらっしゃるのだ、何もかも包み隠さず話せ、分かっているなと男に厳しく念を押し、皆の前に座らせた。

男は目を白黒させてそこに座ると、

「蔦吉（つたきち）といいやす」

恐る恐る名乗った。菜のはでおたきを脅していた者とは思えないほど神妙な態度である。

十四郎がいて金五がいて、そして与力の松波がいる。三人並んで座っているところを見れば、町の小悪党も首根っこを押さえられているようなもの、ひたすら恐縮の態である。

「この蔦吉は、あのおたきを脅しに店にやってきやしてね、それがどうやら、お鈴殺しのことらしくて、それであっしがここに連れてきたというわけです、へい」

七之助は得意げに言った。

「なんだと、蔦吉とやら、今七之助が言ったことに間違いはないか」

金五が険しい顔で念を押した。

蔦吉は、上目遣いに見て、へいと頷いた。

「話せ、全てな」

七之助に睨まれて、蔦吉は神妙な顔で話しはじめた。

「あっしは、富沢町(とみざわちょう)の裏店に住んでおりやして、古着屋から着物を仕入れて振り売りしている男ですが……」

思ったようには古着は売れない。昨年末に古着屋に納める金も稼げず困り果てていたところ、ある旗本の中間から博打に誘われた。

そこには以前から出入りして古着を売っていた。顔見知りだったということが、蔦吉を油断させ、また仲間にも加わりやすかったのだ。

博打は中間部屋で密かに行われていた。だが蔦吉が勝ったのは最初だけで、直ぐに借金ができた。

古着屋に支払う金を作るどころか、倍の十両ちかくの借金を抱えたことになる。

いっそこの江戸を出るか、あるいは盗人でもしない限りは無理だと絶望し自棄になっていたのである。

ところが、十日前の夜のことだ。

蔦吉は杉の森稲荷の前を通りかかって、稲荷の境内に入っていく二人の女に気付いた。

それが、おたきと、殺された女だったのだが、おたきが女の腕を無理矢理に引っ張って入っていったのを見て、蔦吉は首を傾げた。

おたきの顔は、小船町の裏通りではよく見かけていた。色気を振りまいて歩く女で、あの辺りで飲む男たちは大概の者が知っていた。

蔦吉も誰かに教えてもらったのだが、愛想のいい女で、今日見たような目を三角にした醜悪な顔は一度も見たことがなかった。

それだけに、おたきの様子を見て何事かと思ったのだ。気付かれないように蔦吉も境内に入った。

石灯籠の陰に隠れて見ていると、二人は二言、三言、言い争っている。

まず聞こえてきたのは、おたきに手を引っ張られてやってきた女の声だった。

「もう、これ以上柏屋の旦那様を脅すのは、止めて下さるんですね」

するとおたきはせせら笑った。

そして、遅れて境内に入ってきた浪人に、おたきは帯の後ろに隠していた匕首を出し、浪人に渡しながら言った。

「この女、町奉行所に訴えるらしいですよ、旦那。ひと思いにやっちまって下さいな」

それを聞いた女は驚愕して逃げだそうとした。

だが、行く手を阻まれ、息を呑んだところを襟を摑まれ、次の瞬間、女は浪人にひと突きされて闇の中に崩れ落ちた。

「あとは私にお任せなさいな」

おたきは、血のついた匕首を懐紙に包むと袂に入れた。そして、何事もなかったような顔をして、浪人と境内を出ていったのだ。

話し終えると蔦吉は、これで全部ですと言った。だが、すぐに思い出して付け足した。

「あっしは、殺された女が誰かは知りやせんでした。ですがそののち、杉の森で起きた殺しは大伝馬町の柏屋の旦那の仕業らしい、番屋に送られたなどと噂を聞いて、そりゃあ違うだろうと……。それであっしは思いついたんです。そういうことなら、下手人を脅して返済の金を作ろうって……」

反省したような顔つきで蔦吉は話を終えた。

十四郎たちは顔を見合わせた。信憑性のある話だと思った。

「蔦吉、その浪人だが、名前だけでも分からぬのか……」

聞いたのは十四郎だった。

「分かりやせん。総髪で、そうです、痣がありやした」

「何、するとやはり、この間、菜のはで七之助を追い出した男と同じだな」

十四郎は今度は七之助に聞いた。

「はい、そしてその浪人が、この蔦吉を殺そうとして追っかけてきたんですぜ、旦那」

「あいつは蔦吉が店先でおたきを脅すのを、店の奥で聞いていたに違いねえ。それであっしは逃げるが勝ちと、この蔦吉の腕を摑んで舟に飛び乗ってここに連れてきたんです」

七之助が興奮した顔で言った。

「おかしいわね……」

お登勢がぽつりと言った。

「私が雲慶寺の門前で会った浪人と、どうも同じ人のように思えるのです。十四郎様をずいぶん恨んでいる様子だったのですが、覚えはございませんか」

「ふむ……」

十四郎は、お登勢の視線を受けて考えてみた。だが覚えがなかった。

「まずはおたきの身柄をとることだな。浪人の詮索はそれからだ」

松波は組んでいた腕を解いた。だが、立ち上がろうとしたその時、

「待った」

金五が止めた。

「おたきの身柄をとることなど俺と十四郎で十分だ。松波さんはあとの詮議に控

「何……」

えてくれ」

　十四郎行くぞ、と金五が立ち上がる。すると、

「旦那、あっしも参りやす」

　七之助が腕をまくって立ち上がった。だが、金五が制した。

「馬鹿、お前は蔦吉を見張っていろ。蔦吉には大事な証言をしてもらわねばならぬのだ」


　ところが十四郎と金五は、小船町のおたきの店で、思いがけない光景を目にしたのである。

　店の戸は閉まっていたのでこじ開けて入ったのだが、店の中はがらんとしていて人の気配がなかった。

「逃げられたか……」

　辺りを金五が見渡した時、二階で微かな音がするのに気付いた。二人は見合って、そして一気に二階に駆け上がった。

「おたき……」

　二階の六畳間で、おたきが腹ばいになって倒れていた。

伸ばした右手を熊手のようにして畳をひっかいていたらしいが、その手にはべっとりと血がついていた。腹の辺りにも血が流れている。

「どうした、誰にやられたのだ。あの浪人か……」

十四郎が抱き上げて聞いた。

おたきはまだ息があったが、幽鬼のような顔をしている。しかしその目は、抱き上げた十四郎に訴えていた。

「う、裏切られた……」

力を振り絞って言った。

「浪人だな」

おたきは頷いた。そして、

「詫間……清司郎……」

と言ったのだ。

「なんだと、今、なんて言った……詫間清司郎だと」

その名を聞いて驚いたのは、十四郎だった。

「十四郎、心当たりがあるのだな」

金五が聞いた。

「知っている。築山藩の者だ。徒組にいた男だ……」

口に出したその時、突然ある光景が浮かんできた。

築山藩上屋敷の庭で、国元からやってきたばかりの若い武士を、詫間が竹刀で容赦なく打擲していたことがある。

見かねて割って入った十四郎に、

「よけいな口出しは無用だ。躾けているんだ、藩邸には藩邸の流儀があるということをな」

詫間は歯を剝いて攻撃の手を十四郎に向けてきた。

だが、同僚の一人に強く制されて、結局、詫間は引き下がった。

年の頃は自分と変わらないと見たのだが、その異常な激烈さにたじろいだ覚えがある。その男の顎から首にかけて痣が流れるようにあったのを、十四郎は思い出した。

——そうか、あの詫間が。

浪人になっても激しい生き方は変わらぬと見えるな。

暗い気持ちが十四郎の胸を覆った。

おたきは苦しい息を吐きながら告白した。自分は詫間の女だった、佐兵衛を脅

して詫間に貢いできたのに、逃げる段になって捨てられたのだと……。そして最後に、

「罰が当たったんだね、お鈴さんを殺した罰が……」

おたきは、そう言ったのだ。

「それで、奴は何処だ！」

金五が大きな声を出した。

「聞こえてるよ、旦那……」

おたきは、きれぎれの声で告げた。

「あいつは……か、上方に逃げるつもりだよ」

「分かった」

金五は、十四郎と見合った。

九

十四郎と金五は、翌早朝品川に向かった。

品川は日本橋からおよそ二里（約八キロメートル）だが、品川の手前、高輪の

大木戸は明六(あけむ)ツ（午前六時）にならなければ戸が開かない。

東海道との出入り口、南の玄関口の大木戸は、道幅六間(けん)（約一一メートル）に幅四間（約七メートル）の石垣を道の両脇に高さ一丈(じょう)（約三メートル）ほど積み上げて、石垣と石垣の間は高い柵と木戸になっている。

これに木戸番が常駐して警護し、暮六ツ（午後六時）から明六ツの間は通行止めとする。御府内の治安を守るためだ。

詫間清司郎がどうあがいても、明六ツがこなければここを通り抜けることはかなわない。

二人は明六ツ前には木戸番所に入った。

金五が懐から寺宿役人の札を出してみせると、木戸番所の番人は、

「昨夜からひとっこ一人通しちゃあいません。ここでお待ち下さい」

明け方の寒さを火鉢の傍でしのぐよう気遣ってくれたのだった。十四郎は、明けていく海を眺めていた。

この品川の海は、許嫁(いいなずけ)であった雪乃(ゆきの)と別れる時に見た海でもあった。もう少し暖かい日の芽吹きの頃だったが、海が輝くのを眺めて別れを惜しんだことは忘れられない。

再び雪乃と会った時には、雪乃は人の妻になり、夫の仇討ちを成就させるべく夫婦して江戸に潜入し、人の目を避ける暮らしをしていた。

しかも雪乃は、江戸での滞在費と病弱な夫を支えるために、深川の子供屋（売春宿）で春を売っていた。

十四郎は、雪乃の夫を助けて仇を討たせてやったのだが、その直後雪乃は自害して果てたのだ。

——藩さえ潰れなかったら、自分は雪乃と所帯を持って、今頃は子供の二人も生まれていたかもしれない。

金五が言った。

「おい、明けてきたぞ」

「うむ」

十四郎は頷いた。

海は先ほどから茜色に染まっていたが、少しずつ白い光が加わって、波も目覚めたような音を立てて打ち寄せている。

十四郎は、視線を海から転じて木戸に注いだ。

木戸番が、六ツの鐘とともに木戸を開けはじめた。

「よく見ていてくれよ、十四郎。俺は奴を知らんのだ」

金五の声を耳で捉えながら、木戸を抜ける旅人に目を凝らしていた十四郎は、

「あれだ……」

小さく声を出した。

今木戸に向かっている浪人態(てい)の男は、菅笠(すげがさ)は被っているが、他に旅の荷物はなく、ひと目で旅を急いできたことが分かった。

十四郎は木戸に走った。

金五も走った。

「待て、詫間清司郎」

十四郎が、菅笠の浪人の前に立ちはだかると、

「塙、十四郎」

低い怨みの籠もった声が口をついて出た。凶悪な光をこめた目が十四郎を刺しつらぬくようだ。ゆっくりと詫間は菅笠を取った。

「久しぶりだな詫間。見逃してやりたいがそうもいかぬ。お前がお鈴という娘を殺したのは分かっているのだ。お前を取り押さえて町奉行所に渡さねばならんのだ。一緒に来てもらおうか」

十四郎は、詫間の目の威圧を撥ね返すように言った。

「ふっ、お前が人のことをとやかく言える人間か。築山藩を鶴の一声で改易にした悪人定信、いや、今は楽翁だったな。奴の犬になっているらしいな」

「そのことなら、お前の誤解だ」

「何が誤解だ。お前は覚えているな。菅井数之進、梶川兵庫、そして加納喜平次、皆お前が手にかけて殺した」

「待て、それは少し違うぞ。菅井と梶川は悪党と結託して楽翁様の命を狙った。加納は妻のために悪事に手を染めた。致し方なかったことだ」

十四郎の脳裏に、藩がお取り潰しになったばかりに、流浪し、食い詰めて、悪の道に入った同藩の者たちの姿が浮かんで消えた。

十四郎が手に掛けることになったのは、彼らがもはや人の道に立ちかえることさえ不可能なことを突きつけられたからだ。

「十四郎、お前は運良く楽翁に拾われただけだ。職にありつけぬ者たちが悪に走ったといって咎めることができるのか。まっとうに生きようとすれば、徒組頭の神岡さんのような最期になるのだ」

詫間は怒りを込めて言い放った。

神岡という人は、掛川（かけがわ）の宿で、立ち寄った飯屋で代金が不足し、それで宿場の者たちに、ただ食いだ、無銭飲食だと、よってたかって痛めつけられて死んでいる。

十四郎も噂に聞いて、当時胸を痛めたが、目の前にいる詫間もどうやらそのことを聞いていたらしい。

「神岡さんと一緒にするな。おぬしは、女のひもになって金を巻き上げていたばかりか、か弱い娘を平然と殺した。最後の最後の一線で踏みとどまることができる人もいるが、できない奴もいる。お前がそうだ」

十四郎は身構えた。

「聞いた風なことを言うな。俺はお前を成敗せずに江戸を出ることが唯一の心残りだったのだ」

詫間は菅笠を放り投げた。

「きゃー」

詫間の近くを通り過ぎようとしていた女の旅人が悲鳴を上げて木戸を走り抜けていった。

数人の旅人は、二人から離れて立ち止まった。

詫間は両足を広げて構えた。

十四郎も刀を抜いた。

お互い剣を合わせたことは一度もない。

しばらく二人は睨み合った。人の声は途絶えて、波の音だけが耳朶を打った。

「うむ」

十四郎は、詫間は自分からは動けないと知った。

——こちらから誘って一太刀で決着をつける。

十四郎は横に動いた。詫間も動いた。

その瞬間を見て、十四郎は飛び込んだ。詫間はこれを外したが、次の瞬間、十四郎の剣は詫間の刀を撃ち落とし、同時に踏み込み、詫間の首に切っ先を突きつけていた。

「ふん」

詫間はふてくされた顔で大道に座った。

「斬れ！　斬って俺の怨念を買え。お前がこの世を去るまで怨み続けてやる」

「俺は斬らぬ」

十四郎は静かに言った。

「お前は罪を償わなければならぬ。ただ、ひとつだけ言っておくぞ」

十四郎は、すさんだ詫間の横顔に言った。

「俺も楽翁様のことを疑っていた。だが、俺が問い詰めた時、楽翁様はこう言ったのだ」

十四郎は、藩が改易になったいきさつを楽翁に直接問い詰めるために、隠居所である下屋敷、築地の浴恩園を訪ねた時の、楽翁の言葉を詫間に告げた。

「築山藩のお取り潰しは、どう考えても仕方のないことだったのだ。百姓が食えなくて隠田をつくる。そんなことで潰したりはせぬ。困窮した藩が隠田をつくっているという話は他にもある。築山藩の隠田は、飢えた百姓のためではなかったのだ。わしが調べたところでは、藩主の血縁の者が奢侈におぼれてつくった借金の穴埋めのためのものだったのだ。藩主はそれを見て見ぬふりをした。いや、黙認したのだ。十四郎、武士の世は、百姓が健全であればこそだと……」

「くっ……」

詫間は歯を食いしばって無念さに耐えている。

――哀れな奴……。

しかし詫間と同じように、食い詰めて苦しんでいる者たちは大勢いる筈だ。

十四郎は哀しい目で詫間の埃（ほこり）にまみれた姿を見下ろした。

金五が近づいて、十四郎の横に立った。

大木戸は、俄（にわ）かに賑わいを見せはじめた。

「行こうか」

金五が、詫間を促した。


万吉がごん太（た）と庭を駆けている。

お登勢は庭に出て水仙（すいせん）を鋏（はさみ）で切っていたが、庭に咲きはじめた白梅もついでに一枝切った。そしてもう一種、桃色が花びらに差す侘助も――。

駆け込み寺の慶光寺で、万寿院が茶を点（た）ててくれることになっている。その花を摘んでいるのだった。

茶席に入るのは、楽翁、十四郎、金五、そしてお登勢に、柳庵（りゅうあん）も来る予定だ。

お鈴殺しの事件が解決して、それもあって、お茶をということになった。

詫間清司郎がすべてを白状したことで、事件の真相は一気に解明した。

蔦吉の証言どおりだったのだ。

血のついた匕首は、おたきが柏屋の塀の中に放り込んだものらしい。つまりは、詮間の心をつなぎ留めておきたいおたきの執着がお鈴の命を奪うことになったのだ。

そのおたきは一命をとりとめた。おたきもお鈴とかわりないほど肉親との縁も薄く、苦労した人間だったと聞いている。

詮間は遠島と決まった。一方のおたきも所払いになっているから、江戸を追放されるのもまもなくのことだ。

佐兵衛も元気になったと連絡を受け、昨日お登勢は十四郎と柏屋を訪ねている。

柏屋の中庭にも白梅が植わっていて、それに花が咲き、佐兵衛とおつやは縁側から眺めていた。

「香りがここまで……」

お登勢が微笑んでおつやに告げると、

「ええ、私たち、こんなにゆったりと春を感じることはございませんでした。忙しさにかまけていました。でもこれからは、お互いいい歳なんですから、こうして、少しずつ、季節を感じる時間を持つことができたらと思っています。ねえ、あなた」

おつやはそう言うと、佐兵衛は恥ずかしそうに頷いたのだった。

遠い春は、いまようやく柏屋夫婦の前に、甘い香りを届けてくれたようだった。

「お登勢様……」

花を手に庭に立って柏屋夫婦を思い出していたお登勢を、お民が縁側から呼んだ。

振り返ると、お民はにこにこして言った。

「十四郎様がいらっしゃいました」

第二話　菜の花

一

幅二十間の竪川に架かる一ツ目之橋袂西側に、一艘の屋根船がひっそりと泊まっている。

ここは物置場になっていて、立ち枯れした茅が茂り、夜は特に寂寞として誰も近づかない。ところがそこに屋根船が泊まっているのだから珍しい。船頭の姿が見えないのは船の雇い主に、どこかでしばらく暇をつぶすよう言いつけられたのかもしれない。

障子を立て廻した船からかすかな明かりが漏れているが、人の気配は見られなかった。

と、船の内に人の影が差した。影は男で、船の外に語りかけていた。

「これからはお前とは赤の他人、縁もゆかりもないと言った筈だ。二度と店のまわりをうろつくな。約束だったたではないか」

よく見ると、屋根船の外、水際にしゃがみこんでいる黒い小さな人影がある。

「分かってら、そんなことは……しかし、こっちの取り分がまだ残っていた筈だ」

屋根船の外の男は不満げに言った。中年の、えらの張った男だった。

「いずれ果たしてやると言った筈だ。第一、俺が捕まってりゃあ、今頃お前がのこのこやってくることもできない筈だぜ」

「それも分かってら。だから無理は言ってねえ筈だ。こうして用心に用心を重ねてだな、しかも、ただ金を出せと言ってるんじゃあねえ。成功した暁にはあんたの取り分は渡す、そう言ってるんだ」

船の中の男がしばらく黙った。やがて決心したのか穏やかな口調で言った。

「本当に金になる話なのか」

「間違いねえ」

「分かった。お前を信じよう。ただし、それもこれを限りだということを忘れるな」

屋根船の男は障子戸を少し開けて、紙に包んだものを差し出した。

外の男はそれを受け取ると、掌で重さを調べてから懐にねじ込んだ。

そして月明かりに照らされた物置場の周辺に目を走らせると、身をかがめて素早く立ち去った。

すると、それを待っていたかのように、人の背丈ほど積まれた石のむこうから着流しの男が現れた。

「旦那……」

着流しの男は屋根船の外、先ほどえらの張った男がしゃがんでいたあたりに腰を落とすと、中の男に呼びかけた。色の白い男だった。その唇が醜いほど赤い。

「奴の面を見たか」

船の中の男は、戸を立て廻したまま言った。

「へい」

着流しの男は、光る目で頷いた。

「奴が言ったことはどこまで信じていいか分からん。奴のしようとしていることを調べろ。下手なことをされては、こっちの身が危ない。事と次第によっては、消してもいい」

船の中の男は容赦のない命を下した。


「やい、待て！」

「逃がさないぞ！」

万年町(まんねんちょう)二丁目の横町から、万吉は三人の男の子たちに追っかけられて走り出てきた。

迷う暇もなく万吉は、仙台堀(せんだいぼり)沿いの大通りを横切って河岸に走った。すばしこい猿のように、河岸にある障害物など、ぴょんと跳んで走る。

「冗談じゃねえや、捕まってたまるか」

ちらと後ろを振り向いた万吉は、おいらの足にあいつらが敵うものかと心の中で笑っていた。

腕にくくりつけた風呂敷包みには、手習いに持っていった筆や紙や、『商売往来』の本が入っている。

どんなに乱暴に走ろうと、万吉はそれだけは手放さなかった。

「あっ！」

万吉は立ち止まった。

なんと目の前に、振りきったはずの、塾でもいちばんデブの雅吉が近づいてきたではないか。雅吉はどうやら、先回りして待っていたようだった。

「雅吉、逃がすんじゃねえぜ」

うしろから追っかけてきた仁助が叫んだ。

「なんだよ、なんでお前ら、おいらに毎度毎度こんなことをするんだよ。おいらが何かしたのか」

「何もしてねえけどよ、気にくわねえのよ」

「何が！」

万吉は叫んだ。

「後から入ってきたくせに態度がでかいんだよ。いいとこ見せてよ、先生に贔屓されて。だから面白くねえんだよ。お前が来てから、俺たちゃ叱られてばっかだからな」

デブの雅が言った。

「へん。何かと思ったらそんなことか。悔しかったらおさらいのひとつでもするんだな。言っとくけど、おいらは、お登勢様にたっぷり教わっているからな」

万吉は胸を張った。

「この野郎、孤児（みなしご）のくせしてえらぶるなって！」

仁助が人差し指を差して叫んだ。

「孤児が悪いのか、どこが悪いか言ってみろ」

「ふん、どうせお前はな、悪いことした親の子に違（ちげ）えねんだ」

デブ雅がそう言うと、みんなへらへら笑った。太七（たしち）という男の子などは、わざとらしく腹を抱えて笑っている。


万吉だれの子悪人の子、おとっつぁんは島送り、おっかさんは江戸払い、寺のぼんさんに拾われて……


子供たちは手を叩き、拍子をつけて歌いながら、万吉の周りを回りはじめた。

万吉は歯を食いしばって耐えていたが、とうとう手にある風呂敷包みを下に置くと、

「わー！」

子供たち四人に立ち向かっていった。

万吉はまずデブ雅に飛びかかって、その頰を思い切り拳骨で殴ったが、すぐによってたかって押し倒された。

「やっちまえ！」

起き上がろうとする万吉を押し倒し、四人は万吉を殴り蹴りしはじめた。と、その時だった。

「やめろ！　いい加減にしないか」

子供たちの襟首を摑み、万吉から離したのは十四郎だった。

「いったい、この万吉が何をしたというのだ」

半身を起こして、口の血を手の甲で拭っている万吉をちらと見て、十四郎は子供たちを睨んだ。

子供たちはばつの悪そうな顔をして見返したが、答える者はいない。

「今度こんなことをしてみろ、先生に言って、お前たちのおとっつぁんとおっかさんに注意してもらわねばなるまいな」

子供たちは俯いた。両親に告げるといわれると流石に弱いらしい。

「二度とするな。行け」

十四郎は子供たちを追いやると、

「万吉、大丈夫か」

自分の袂から手巾(しゅきん)を出して万吉に渡してやった。

「……」

万吉は、こくんと頭を下げると、それで口を拭き、着物を払い、置いてあった風呂敷包みを取り、そこで思わず悔しさがあふれ出てきたのか、涙をぽろぽろと零(こぼ)した。

うぐっ、うぐっ、と嗚咽(おえつ)を漏らしながらも、必死に涙を止めようとする。

十四郎はじいっと見守った。ありきたりの言葉で慰めても、万吉の心は癒されないに違いないと思ったのだ。

万吉がこの理不尽ないじめを撥(は)ね除(の)けて立ち上がった時、万吉は誰にも負けない強靭な精神の持ち主になっている筈だ。

万吉はまもなく泣くのを止めた。手の甲で乱暴に涙を拭うと、ふっと気付いたように、俯いたまま言った。

「十四郎様、このこと、お登勢様には内緒にして下さい」

「何故だ、俺は見ていたが、お前は悪くない」

「心配かけたくないいんだ、おいら。孤児のおいらが、町で一番の手習い塾に通わせてもらってるんだ。せっかく通いはじめた塾をやめたくないんだ。うんと勉強して、番頭の藤七さんのようになるんだから」

「万吉……」

十四郎は万吉の肩に手を置いた。万吉はきっと見上げて言った。

「おいらを拾ってくれたお登勢様への恩返しだ。だから……」

「そうか、分かった。お登勢殿には言うまい」

「ほんと……」

万吉の顔に、照れくさそうな笑みが浮かんだ。

「帰るか……」

十四郎は万吉を促した。

一歩一歩踏みしめて歩く河岸地には、もう青い芽が萌えはじめている。

踏みつけられ、枯れて朽ちかけた茎の間から覗く青い芽は新鮮だった。

十四郎は、万吉の細い肩に手を添えて河岸地を出た。

だがその時、十四郎はどこからか自分たちに注がれる強い視線を感じて四方を見渡した。

しかし、道行く人にも、堀を行く船の上の人にも、これという不審は見当たらなかった。

「……」

気のせいかと歩きはじめたが、十四郎の勘は確かなものだった。

河岸地にある大きな楠(くすのき)の木の後ろから、一人の男が十四郎と万吉のやりとりを見ていたのだ。

なんとその男は、昨晩一ツ目之橋袂の物置場で、屋根船に乗った男から金を貰っていた、あのえらの張った男だった。

二

「あらら、万吉、また喧嘩してきたのね」

十四郎と連れだって帰って来、土間に入るなり、お民は万吉の顔を見て呆れた顔で言い放った。

「なんでもないや」

お民の横をすり抜けていこうとした万吉の腕を、お民はぐいと掴んだ。

「おっとっと、そうはいきません。唇が切れてるじゃないの。そんなに毎日喧嘩するなんて、あんた、何を習いに行ってるのよ」

「だから、なんでもないって。転んだんだ」

「騙されるもんか、お登勢様に言いつけてやるからね。万吉を塾にやるのは、もう止(よ)した方がいいって」

　その言葉に万吉が目を吊り上げた。

「自分こそなんだよ。近頃では似合いもしねえのに、紅ぬって、白粉(おしろい)はたいて。そんな顔に化粧なんか似合わないよ」

「万吉、あんた、自分がどれだけ恵まれてるか分かってんの」

「分かってらい」

「まあ、憎たらしい」

「どっちがだ！」

　二人は睨み合った。

　お互い今にも摑み合いになりそうな気配である。

　十四郎が割って入った。

「お民、それくらいにしてやれ。万吉は喧嘩したくてしてるんじゃないんだ」

「十、十四郎様……」

万吉はぎょっとして十四郎の顔を見上げた。万吉が十四郎に喧嘩のことは黙っていてほしいと頼んだのは、ついさっきのことだ。それなのに、お民に告げたら、お登勢の耳に入るのはすぐだ。

「まあまあ、万吉、隠し通せるものではないのだ。お民には話しておいた方がいい」

十四郎は万吉をなだめると、今度はお民に、

「万吉はな、塾での出来が余程いいようなのだ。万吉に喧嘩をふっかけてくる者たちは、皆やっかんでいるのだ」

「ほんとなの……万吉は頭がいいんだ」

お民は万吉を見た。見直したという顔になっている。だが万吉は、黙って見返した。

口に出すのも万吉は悔しいに違いない。十四郎が話を続けた。

「しかも万吉を孤児だとはやしたて、聞くに堪えない言葉を浴びせていた、万吉は拾われっ子の癖に生意気だとな」

「そんなことを言われてるの……」

お民は何も知らなかったらしい。万吉を睨んでいた目は、痛々しさに変わって

いた。

　万吉は言った。

「おいらは、他のことは我慢できるけど、おとっつぁんとおっかさんが悪い人間だって言われたら勘弁できねえんだ」

「当然よ、許せない……よおし、そういうことなら、あたしに任せておきなさい。あんたのかわりにあたしがそいつらをやっつけてやる」

「いいんだもう。十四郎様が叱ってくれたから、もういいんだ」

　万吉は、元気な背を見せて裏庭に走っていった。

「お民、万吉はお前が頼りだ。面倒をみてやってくれ」

「はい」

　お民は頷いた。だがすぐに、思い出した顔で言った。

「大変だ、肝心なことをお伝えしなくては。十四郎様、すぐに慶光寺にいらして下さい。お登勢様はそちらにいらっしゃいます」

　十四郎はすぐに慶光寺に入った。慶光寺は橘屋とは道を隔てて真向かいにある。

　金五が詰めている寺務所は門を入って左手にあるのだが、そこを覗くと小者が、

「近藤様は庫裏に参られました」

と言うではないか。

お登勢も金五もとなると何か抜き差しならないことでもあったのか……。

十四郎は鏡池を右手に見て庫裏に向かった。すると、春月尼が出てきて、方丈で万寿院が待っていると告げた。

「何かあったのか」

十四郎は、方丈に揃った面々を見て口走った。

中央に万寿院が座し、そこに金五とお登勢と、医者の柳庵までいる。一瞬、万寿院の具合でも悪いのかと思ったが、部屋に入った十四郎に顔を向けてきた万寿院は、さして具合の悪そうな顔色ではなかった。

「おぬし、おつるという女を知っているな」

座るや金五が切り出した。

「おつるがどうかしたのか」

橘屋の手助けをして早二年以上にもなる十四郎だ。その間に寺入りした女を忘れる筈もない。

おつるというのは、神田の八名川町に住んでいた女で、亭主は渡り中間の勝次という男だった。

　その勝次が、当時奉公先だった旗本の堀川縫之助の屋敷の中間部屋で行われる博打にのめりこみ、挙げ句の果てに屋敷の下働きの女といい仲になったと知り、橘屋に駆け込んできた女であった。

　結局勝次とは話の折り合いがつかず、おつるは寺入りをしたのであった。

「おつるがな、今熱に浮かされておる」

　金五が言った。すると、そのあとを柳庵が継いだ。

「熱は三日続いています。お薬で、うつらうつらしていますが、このあたしにも病名は見当がつきません。ですから、治るのか、治らないのかの判断もつきかねているところです」

「流行病ではないのか」

　十四郎は思いつくままに聞いてみた。だが柳庵は、神妙な顔で首を横に振って否定した。流行病ではないが、このままだと命が危ないかもしれない、そう言うのだ。

「熱に浮かされて夢うつつで声を出すんですが、それがね、十四郎様、おつるさんは、しきりに、勝次さんの名を呼ぶんです」

お登勢が言った。

お登勢の顔には不安が張り付いている。なにしろ、寺入りした女が亡くなったなんてことになったら、調べからなにから大変な騒ぎになる。

二年の間、世間への戸を閉ざして寺でひっそりと暮らすのは、本人にとっては窮屈で不安な日々の積み重ねに違いない。だが預かっている方もまた、神経の休まることはないのだ。

「十四郎殿、皆の意見は、おつるさんはご亭主に会いたいのではないかというのです。万が一のことも考えて、一度会わせてやってはどうかと思うのですが……むろんこのことは内緒です。他言は無用です。一度寺入りした者が外の人間と会った、それも亭主と会ったと知れたら、以後寺に置くことはできません」

万寿院は脇息から膝に手を戻して言った。

「分かりました。私から亭主に話してみます」

十四郎は、勝次を迎えに行く役を買って出た。

「もっとも」

金五が苦い顔で言った。

「勝次は女ができて、それでおつるは寺に入ったんだが、自分の行状は棚に上げて、駆け込み寺に入った女房のことは恨んでいた筈だ。絶対、どうあっても別れてやらぬとか言ってな。そういう男が素直に応ずるかどうか」

「帰り道だ。ともかく寄って見てくる」

十四郎たちは、それで寺を辞した。柳庵は泊まり込んで治療をするとかで寺に残った。

お登勢も今しばらくおつるの様子を見るのだと言い、十四郎と金五を庫裏まで送ってきたが、すぐにおつるが臥せっている部屋に向かった。

「今年は特に寒かった。俺は、おつるは風邪をこじらせたのではないかと思っていたのだが……」

金五は十四郎と肩を並べて歩きながらそう言った。

「ふむ。おつるは、もともと体が弱そうだったからな」

「そうなんだ、それなのに、寺の中では御半下格だ。寺内の雑用をこなし、同じように駆け込んでいる仲間の女たちの面倒までみなければならなかった。無理がたたったのではないかな」

「確かに……」

二人は白い砂を踏みながらしばらく黙って歩いた。

二人とも口には出さないが、世の中は金がものを言うということを、こんな駆け込みの寺の中でも強く感じずにはいられないのだ。

つまり、駆け込んだ女たちは、寺に納める金額の多寡によって、寺内での扱われ方が大きく変わってくるということだった。

同じ駆け込み人でも、扶持金三十両を寺に納めた者は上臈格として暮らすことができるのだ。割り当てられる部屋も多く、日用品の紙や油の使用も不自由を感じることもない。寺の雑務もなく軽い仕事で済むのである。

御茶の間格の者は、十五両の扶持金を納めた者で、その場合も、それ相応の扱いとなるのだが、おつるのように三両納めるのがやっとだった女などは、寺内での炊事洗濯掃除と、以前の暮らしよりも雑用が多いに違いない。体が頑健な女でなければ二年の修行は厳しいのだ。

ただ、この決まりは、万寿院の考えで行っているのではない。お上の決めたことなのだ。

それだけの辛酸をなめてもなお、夫と別れたいというのなら法の力を貸してやろうということか――。

確かに安易に別れることができるようになったなら、それは人を救うという本来の意義とは別に、利用されて悪用されることだってある。

寺での修行は、ひとつのお仕置きなのだからと自分に言い聞かせ、世間にも申し開きをしている、そんな一面もあるのだろう。女たちは辛い修行を厭わない。おつるもそうだったことは知っている。

「まずは亭主の意を聞いてからの話だな」

寺務所の前まで来て十四郎は金五に言った。

「じゃあ」

手を上げて寺を出ようとしたところに、お民が走ってきた。

「十四郎様、お登勢様は？」

「まだ庫裏だ、何かあったのか」

「北町奉行所の大関(おおぜき)様っておっしゃるお役人がいらして、お登勢様に話があるって……」

「何かな……」

ふと不穏なものを十四郎は感じて言った。

「分かった、俺も立ち会おう。お民はすぐにお登勢殿を呼んできてくれ」

三

お登勢はすぐに戻ってきた。

玄関で待っていた同心を部屋に上げ、同席する番頭の藤七、そして十四郎を紹介すると、

「私は北町の定廻りで、大関甚内です。こっちは岡っ引の玄蔵といいます」

同心はそう言って人なつっこい表情を見せた。三十半ばの働き盛り、供の玄蔵は四十は過ぎているようだ。

甚内が背が高く痩せているのに対し、玄蔵はどっしりとして筋肉質の男だった。膝を折って座っている太股が盛り上がって窮屈そうに見える。

お登勢が、お民にお茶と羊羹を運ばせると、

「おっ、羊羹か、遠慮なく頂こう」

甚内は旨そうに食べた後、

「私は羊羹には目がないのです。しかし、なんですな、こちらのお茶は美味しい。甘みがある」

などと、けっこうおべんちゃらも上手だった。

お登勢はにこにこして頷いていたが、甚内が茶を飲み干したのを見計らって聞いた。

「大関様、お話というのは何のことでしょうか」

「おう、それだそれだ、実はな、つかぬことを尋ねるのだが、こちらにえらの張った中年の町人が訪ねてこなかったかと思ってな」

「えらの張った中年ですか……」

お登勢は怪訝な顔で十四郎を見る。

甚内は続けた。

「名は宇吉というんだが、ちょいと訳ありの人間でな。四年ほど江戸から姿を隠していた男なんだが、この玄蔵が宇吉を町で見かけて後を追った。そしたら、この宿の近くをうろついていたというのだ」

「知りませんね、宇吉という名の人は……藤七は覚えがありますか」

お登勢は控えている藤七に聞いた。

「いや、ございません」

藤七はかぶりを振った。

「そうか、なら仕方がないが、この辺りで見かけた時には知らせてくれないか」

「それはいいが、も少し詳しく話してくれぬか。こちらも協力するには、それなりの心構えが必要だ。差し支えなければの話だが……」

十四郎が言った。

「ごもっともだ、別に話して支障のあるものではない」

甚内はそう言って、宇吉にまつわる話をしたのである。

それは、今から四年前のことである。

木挽町三丁目の質屋『亀島屋』が、二人組の押し込みに遭い、金箱に入っていた三百両もの金を奪われた。

亀島屋は手代が三人、小僧が一人、女中が二人、それに主夫婦の暮らしだが、女中のおくにを除いて奉公人は皆通いの者で、夜になれば三人きりとなる。賊もそれに目をつけたらしい。

店は夜訪ねてくる客のことも考えて、六ツ半（午後七時）頃まで開けている。その夜も、最後の客が店を出ていき、奉公人も帰って、表の戸を女中のおくにが閉めようとしたその時に、突然二人の賊が押し入ってきたというのである。

亀島屋は大通りに面していない。横町にあるから人の往来も日の暮れとともになくなる。日暮れに訪れるのは、たそがれ時を狙って来る客ばかりだ。押し込みの人間には好都合だといえる。

奇妙だったのは、賊の二人が、ひょっとことおたふくの面をつけていたことだった。

神社の境内の屋台などで売っている、安物のちゃちなおもちゃの面である。

二人は押し込むとすぐに三人を縛り上げ、金箱の金を攫って逃げた。

おくには手を後ろに縛られたままの恰好で隣家に駆け込み、それで大関甚内と玄蔵が駆けつけたのだった。

三人は縛られただけで怪我はなかったが、その時のおくにの話では、おたふくの面を被っていた男のえらが面からはみ出しているのを見て、ある一人の男を思い出したというのである。

その男とは、三十間堀川の埋め立て工事に携わっている人足で、二度ほど亀島屋を訪れたことがあった。

中年の男で、えらも気になったが、顎に数本の鬚が伸びてむさ苦しかった。

おくにが店の外を掃除しようと出たところ、その男は店の前で落ち着きなく入ろうか入るまいかと思案していた。

それで、おくには店の中に案内してやったのだ。

名は宇吉だというのは、おくには後で手代に聞いたのだが、宇吉は人足が持っていたとは思われないような、美しい貝殻の紅入れや、銀細工の簪を質に入れたのである。

亀島屋の主加兵衛は、盗品ではないかと一瞬疑ったが、宇吉の真面目そうな人となりを見て、金を用立ててやったのだ。

質を入れにきた本人の印と、請け人(保証人)の印が貰えなければ、質草をとって金を貸してはいけないという決まりがあるのだが、

「倅が病気なんでございやす。医者に診せてやりたいのです」

懇願する宇吉に、加兵衛は心を動かされたのだった。

亀島屋に賊が入ったのはまもなくのこと、おくには甚内の調べに、その宇吉の話をした。

傍でおくにの話を聞いていた加兵衛は、まさかそんなことはあるまいと半信半疑の様子だったが、甚内と玄蔵が宇吉の長屋を訪ねてみると、一家は家を払って出ていった後だったのだ。

鍋釜など売れる物は売って出たというから、どこか遠くに行ったに違いないな

ど大家は言った。

甚内は、人相書きを作って足取りを追ったが、以後杳として行方は知れなかった。

「それが、今年に入って宇吉を見たという者が出てきた……」

甚内は険しい目で一同を見渡した。

「ひとつお聞きしてよろしいですか」

お登勢が顔を上げて甚内を見た。

「おたふくの面を被っていた人が、えらが張っていたというだけで、宇吉という人だと決めていいのでしょうか。この世にえらの張った人はいくらでもいます」

「確かにそうだが、おくには、顎の鬚まで見ているのだ」

「宇吉でなければ、それはそれでいいことなんだが、一度本人に話を聞かないことには、何時までも宇吉の名は探索対象から消えねえ」

玄蔵が横から言った。するとまた甚内が、

「ひょっとこの面の方が皆目見当もつかないままでな、手がかりは宇吉だけなんだ」

情けない話だが、そういうことだと苦笑した。

「十四郎様、いかがでしたか」

旗本堀川縫之助の屋敷を出たところへ、藤七と七之助が近づいてきた。ここは、病に臥せるおつるのかつての亭主勝次が奉公していた旗本屋敷だ。

「駄目だな、勝次は女中とのことがばれてお払い箱になっている」

十四郎は後ろを振り返ってから苦い顔をした。

昨日橋屋からの帰りに神田の八名川町の裏店に立ち寄っている。

おつるが駆け込んできた時に、夫婦が暮らしていた長屋だが、半年前に出ていったきり、引っ越し先は分からないと大家は言った。

「ちょいとお待ちよ」

帰ろうとした十四郎を、井戸端で大家と十四郎の話に聞き耳をたてていた女房が声を掛けてきた。

「駆け込み宿の橘屋さんでしょ。勝次さんはおつるさんが橘屋に駆け込んでからというもの、この長屋じゃ鼻つまみ者だったんですよ」

「そうか、それで出ていったのか」

「そりゃあさ、男どもは気の毒がってましたよ。男が女にちょっかい出すのはよくある話だってね」

「ふむ」

「でも、女の考えは違うからね。歴とした女房がいるのにさ、余所の女といい仲になってさ。それも金があるならいいよ、男の甲斐性だって辛抱もしてやるさ。だけども、勝次さんが渡り中間やってたって言ってもさ、年に一両か二両しか稼いでこなかったらしいからね。おつるさんの方が稼ぎが良かったぐらいだもの。愛想も尽きるわね」

女房は、さも自分の亭主が外に女をつくったかのごとく、怒りの目で一気にしゃべった。

「その女だが、おつるが出たあと、ここに来ていたのか」

「いいえ、見ませんね。もっとも、ここに連れてきた日にゃあ、皆に袋叩きさ」

目をぐるりと大きくしてみせた。十四郎はぞっとして女房の顔を見た。浅黒い肌が襟元から覗いている。

「ただね、勝次さんは、ええ、おつるさんに出ていかれてがっかりしてましたよ。けっこうおしゃべりで明るかったのに、肩を落として無口になって……そうとう堪えてたらしいですよ。あたしなんかも、少し気の毒だなって思ったくらいだもの」

女房は言って苦笑した。

勝次の行き先は、この女房も知らなかった。

そこで最後の頼みは堀川の屋敷かと来てみたのだが、やはり勝次はここにもいなかった。

「どこの屋敷でもそうだと思うが、不義をしたような者を雇ってはおけぬ。勝次はどこに行ったか知らぬが、女も田舎に帰した」

堀川家の用人は十四郎の訪問を受け、式台まで出てきて告げた。

藤七はその話を頷いて聞いていたが、

「そうでしたか……いや、そんなことだろうと思って七之助を連れてきたんです。分かりました、口入屋を軒なみ当たってみます。どこかの屋敷に潜り込んでいるかもしれません」

「ふむ、で、どうなんだ、おつるの様子は……間に合わぬかもしれぬな」

「それが、熱が引いてきたようです。これで命を落とすようなことはなくなったと柳庵先生は言っておりました。しかし亭主の勝次のことを、このまま放っておくわけにはまいりませんので」

「そうだな、おつるに会わせるかどうかは別にして、今後のこともある」

「はい。期日がくれば亭主には離縁状に印を押してもらわねばなりません。行方が不明となると、こちらが困ります」

藤七は言った。だがすぐに、

「実はもう一つ報告がありまして……」

藤七は、屋敷を背にして歩きはじめた十四郎の横に並んだ。

「えらの張った男のことですが、七之助も二度ほど見たと言っておりまして……」

「まことか」

十四郎は藤七の後ろをついてくる七之助に訊いた。

「へい、数日前にも橘屋の近辺で見たんですが、今朝も見ました。男は裏の垣根から覗いていたんです。ただ、ごん太が吠えて、男はあたふたと逃げて帰りましたが……」

「おかしな話だ」

十四郎は呟いた。いったい、北町の同心から追われている押し込みの賊が、橘屋になんの用があってうろついているのか――。

しばらく三人は黙って歩いた。

陽差しはもう春の気配を帯びている。神田の相生町にさしかかった時、

「わーい！」

十歳前後の男児たちが走ってきて、百坪ほどの広場に走り込んだ。

これからなにやら始めるらしい。はずんだ声がまわりにこだましていた。

十四郎はふと万吉を思い出したが、

——そういえば……。

万吉の喧嘩を止めに入ったあの時にも、人の気配を感じていた。もしやその者がえらの張った男だったのか……。

十四郎はあの時、俄かに四方を見渡した。だがこれといった不審な者には気付かなかったのだが、

——ひょっとして、橘屋のまわりをうろついている男の目的は、万吉なのか……。

十四郎の胸に疑問が広がった。

「じゃあ、私たちはここで」

神田の河岸通りに出ると、藤七と七之助が離れていった。

十四郎は急に思い立って北町奉行所に急いだ。

四

「ここだ、私のいきつけだ」

大関甚内は、桃花の枝を壺に挿し、店の前に飾っている蕎麦屋の前で立ち止まった。

北町奉行所を訪ねた十四郎を、甚内は呉服町の、この白木の美しい格子戸の店に案内してきたのだ。

「いらっしゃいませ」

戸を開けて中に入ると、すがすがしい声で小女が迎えてくれた。

「奥を借りるぞ」

甚内は小女に告げると、すたすたと奥に向かい、屏風で仕切った上げ床を十四郎に勧めた。

どうやら店の中は、武家の座る場所は上げ床で、町人の座る場所は飯台に樽椅子と決まっているらしい。

数組の町人がいたが、皆樽に座って蕎麦を啜っていた。

「もり蕎麦でも貰おうか、酒はいい」

甚内は注文すると、改めて十四郎に親しげな笑みを送ってきた。

「心強いことです。実はあのあと、与力の松波様から塙殿のことをお聞きした。ずいぶんと奉行所は世話になっているらしいですね」

「いや、松波さんとは、持ちつ持たれつです」

十四郎は苦笑した。

甚内という男、同心の花形定廻りの役についているというのに、少しもおごったところのない人間だった。

「ところで、話とはなんですか」

お茶をひと口啜ったところで、怪訝な顔で甚内が訊いてきた。

「他でもない。昨日話してくれた賊のことだ。宇吉という、えらの張った男のことだ。もう少し詳しく話してもらえぬかと思ってな」

「ああ、そのことですか」

「えらの張った男は何故橘屋の周辺をうろついているのか、それが分からぬのだ」

「それですが、宇吉は片割れの、一緒に押し込みをしたもう一人、ひょっとこ面の男を捜しているのではないかと思っていたのですが、いや、宇吉は子供を捜しているんじゃないかと、そう思いはじめているんです」

「子供を捜している……」

十四郎の胸は騒いだ。

「実はこの江戸の木挽町で日傭取りをしていたという話をしたと思いますが、宇吉は妻子持ちだった。ですから奉行所は犯行直後、品川はじめ宿場を子連れで出ていく者は留め置くように厳重に手配したんです。だがひっかかる者はいなかった。つまり、宇吉はあの時、用心して自分だけ江戸を出たんじゃないかと……」

「それで妻子を捜しに江戸に舞い戻ったというのか」

「もうひとつ、夫婦で逃げたがほとぼりがさめるのを待って、子供を捜しに戻ってきた、とも考えられる……」

「まさか、子供だけ江戸に置き去りにして逃げたというのか」

「切羽つまれば、そういうこともある」

「………」

「普通の物差しでは考えられん連中だ。どうやら、押し込みは、何年も前からやっていた節があるのです」

「何年もというと、木挽町の他にもあったのか」

「ありました、京です」

「京……何時のことだ」

「江戸の木挽町に入ったのは四年前ですが、それからさらにさかのぼること四年前の夏、京で二人組の押し込みがあったのです」

押し込んだのは鴨川縁の質屋だった。賊は二人、やはりひょっとことおたふくの面を被っていた。

家族と下男一人だけの小さな質屋だったが、金は貯めていると評判の店だった。面の二人は押し込むとすぐに家人を縛り上げて金箱の金を奪ったが、外から帰ってきた下男は戸口に立つなり異変に気付いた。そこで、すぐに近くの自身番屋に走ったのだ。

自身番屋には丁度見回りの同心が茶を飲んで一服していた。同心は下男から話を聞くと、すぐに手下の岡っ引を連れて質屋に走った。

面の賊二人は、店から出てきたところだった。

「ご用だ」

「神妙にお縄につけ！」

二人は面をつけた賊を追ったが、逃がしてしまったのだ。

「それで京の町奉行所は、こちらにも回状を送ってきたらしく過去の記録が残っていました。しかしもう少し詳しいことを知りたい、それで京に質問状を送りました。まもなく返事が届く筈です」

甚内は話し終えると、

「だいたいそういうところですが……何か心当たりでもありましたか」

落ち着いた表情だが、その目は十四郎の反応を見ている隙のないものだった。

何もなくてわざわざ自分を訪ねてくる筈がない、何かあって来たのではないかと、甚内の目は言っている。

「いや、今のところは、橋屋近辺でそれらしき者を見たという程度だが……」

十四郎は言葉を濁した。十四郎の頭の中では、おたふく面の宇吉が子供を捜しているのではないかという言葉が、ひっかかって離れなかった。

まさかとは思うが、万吉は孤児である。四年前にお登勢が浅草寺で泣いているのを拾ってきて小僧にしている。

ただ、宇吉が橋屋の周辺をうろついているという事実は、面妖な話だが、だからといって、今の甚内の話だけで、万吉と賊を結びつけることはできない。

「玄蔵も調べているのだが、なにしろ我々定廻りが抱えている事件はこれ一つというわけではありませんからね。手が回らんのです。何かあった時には是非一報いただければありがたい」

甚内は言った。

「分かった、そうしよう」

十四郎が頷くと、甚内は急に笑みを作って、

「ここのはけっこういけますよ」

運ばれてきた蕎麦を勧めた。

十四郎が諏訪町の道場に戻ると、

「おい、どこに行っていたんだ」

金五が道場の方から足音荒く玄関まで出てきた。

「まだ稽古は終わっていないようだな」

十四郎は、式台に上がりながら、道場で激しく打ち合う音を耳で捉えていた。

それは一人や二人が打ち合っている音ではなかった。

「困ってるんだ。千草を止めてくれ。産み月まで二月、安静にせねばならんのに、ちょっと寄って様子をみたいなどとやってきたのはいいが、とにかく来てくれ」

金五は泣きそうな顔で促した。

十四郎は金五と道場に入った。

刹那、腹の大きい千草が、右手に竹刀を持って立ち、門弟たちを叱咤激励しているのが目に留まった。

「まだまだ！」

口に手を当て、筒をつくって叫んだかと思ったら、

「もっと前に出て！」

大声で怒鳴る。

その大声に追いたてられるように、普段はとっくに帰っている筈の門弟十人ばかりが、よろよろしながら打ち合っているのである。

壁際には十四郎が代稽古を頼んでいる古賀小一郎が立って見守っているにはいたが、古賀は千草の門弟でもあったから口出しはできずに困惑している様子だった。

それが証拠に、十四郎が道場に入ると、こっちを見て苦笑した。

千草はというと、十四郎に気付いているのかいないのか、今は門弟の動きに目を光らせるのにやっきになっている。

「何しているの、男でしょ！　それじゃ、とっくに撃ち込まれてます！　呼吸ひとつの差で相手に撃たれるのですよ！」

千草は、右手に持っている竹刀で、床をバシッバシッと強打した。

十人の門弟たちは、ぎくりとして千草の方を見る。

「ほら、気をとられて！……松井、打ち込め！」

十四郎は思わず笑みを漏らした。

千草の小気味よい気丈な性格に感服して見守っている十四郎だが、容姿端麗な武家の妻女が、容赦なく声を荒らげて稽古をつけているのを目の当たりにして、思わず腹から笑わずにはいられなかったのだ。

これじゃあ金五も、家では言葉であれ態度であれ、へたなことはできぬなと思うと、いっそう楽しかった。

「おい……笑ってないで」

金五が十四郎の腕を突っつく。

「分かった分かった」

十四郎は千草に近づくと、

「千草殿」

大きな声を上げた。

「あら、十四郎様……つい夢中になって」

千草はくすりと笑うと、

「止め！」

門弟たちの稽古を止めた。

「ありがとうございました！」

門弟たちは並んで千草に頭をさげたが、いずれも汗と疲れで、顔が土気色(つちけ)になっている。

一同は我先にと井戸端に向かっていった。

「先生、お帰りなさいませ」

古賀小一郎も挨拶に来て、これで私は失礼しますと帰っていった。

「小一郎殿はお役に立っているようでございますね」

千草は、かつての門弟の様子を自慢そうな顔で聞いてきた。

「千草殿の顔を見て、皆元気が出たに違いない。だが、その体で、あまり無理はしないほうがいいのではないのかな、金五がはらはらしている」

「おい、余計なことを言うな」

金五は睨んだが、千草はくすくす笑って、

「いいのです。私の体ですから私がいちばん良く分かっています。それに、二人目ですからね、大丈夫です。それより役宅にいるほうが疲れます」

ちらっと金五を見て苦笑する。

十四郎は一瞬、姑（しゅうとめ）の波江（なみえ）とうまくいっていないのかと思ったが、

「いえね、義母上（ははうえ）さまが用心しなさいって、そりゃあもう大変で、呼吸は深く吸ってとか、滋養のある物はこれだとか、一日中……」

千草は小さく言って、傍にいる金五の横顔をちらと見て笑った。

「世話をやきすぎるのだ、おふくろは……俺も家を空けてばかりだから、それなら外に出てみるかと誘ったらこれだ」

金五は呆れた顔で、女房の横顔を見た。

とはいえ、金五の目は千草を案じる気持ちで一杯のようだ。

まもなく、下谷の屋敷に勤めている女中が迎えに来て、千草はその女中と帰っていった。

金五は残った。おつると、亭主の勝次のことが気になって立ち寄ったらしい。

「いや、勝次は藤七と七之助に任せているのだが、問題はおつるだ。どうも病気をしたせいか信念が揺らいでいるようなのだ」

「寺の修行が辛いというのか……それとも、勝次とよりを戻したいということか……」

「分からん。ぼっとしているようだが、今晩から柳庵も診療所に戻る。案じているのだが……」

「ふむ、元気になったら、一度おつるの気持ちを聞いたほうがいいな」

十四郎は言った。

十四郎は先日藤七から聞いた話を思い出していた。近頃は駆け込んでくる女たちの覚悟が、昔と違ってきているというのだった。

どんな厳しい修行でも昔は辛抱していた。それでも別れたいと駆け込んでいたところが近頃は、二年の修行に音(ね)を上げる者が時にある。

「世の中全体がなまっちろくなったということなんでしょうが、嘆かわしいことです。私が聞いた話では、鎌倉(かまくら)の東慶寺(とうけいじ)では、なんと二回も駆け込みし、またもとの亭主のところに戻っていった女もいるようでございますからね」

藤七はそんな話をして笑っていたのだ。

とはいっても、修行が辛くて亭主とよりを戻すのは悪いことではない。寺はそういう場合は、示談成立として女を寺から出してやる。

いずれにしても困るのは、勝次のように亭主が行方知れずになった時だ。別れるにしても、よりを戻すために話し合うにしても、相手がいなくなっては決着のつけようもない。

「ま、もうすこし藤七の調べを待ってからだが……」

金五は大きく息を吐いたが、ふと思い出したように言った。

「それはそうと、えらの張った男の話はどうなったのだ」

五

「では彦左はこれでさがります」

彦左衛門は上機嫌で部屋を出ていった。

金五が帰り、茶の間で夕餉(ゆうげ)を済ませて、十四郎が自室に戻ると、彦左は出入りの帳面を持って部屋に入ってきたのである。

道場の掛かりも、私的な賄(まかな)いの方も、すべて彦左に任せてあるのだが、彦左は全体の収支を見積もったのち、

「代稽古二人の手当を決めなくてはなりませぬゆえ」

と帳面を出してきた。彦左は千草が道場主だった時も、帳面の扱いは一手に引き受けていた。

「すまぬがそれは彦左殿に一任したい」

十四郎がそう言うと、彦左は分かりましたと、すぐに帳面を引っ込めた。聞かずとも返事は分かっていた筈なのだが、彦左が十四郎に話したかったのは、実は千草のことのようだった。

「千草様には久しぶりにお会いしましたが、お変わりもなく、彦左はうれしゅうございました」

言っている傍から洟(はな)を啜っている。無理もない。千草が生まれてから、ずっと養育係として育ててきた人だ。

千草が金五の妻になり、下谷の屋敷に移ってからは遠慮している訳だが、

「たまには下谷に行ってくればいいのだ。波江のおば上も歓待するぞ」

十四郎は言った。

「とんでもございません。彦左はこちらの仕事があります」

えへんと突然とりつくろって、彦左は慌てて部屋を出ていった。

——忙しい一日だった……。

十四郎は、ごろんと横になった。

金五夫婦がやってきて、胸にひっかかった考えごとがそのままになっていたが、一人になるとまた重くそのことが胸に広がった。

十四郎は今日の昼過ぎ、藤七と七之助の二人と別れたあとで甚内に会い、そののち甚内から聞いた木挽町のえらの張った男、宇吉という男が住んでいた長屋に行ってきたのである。

古い長屋で傷みがひどかったが、実は幕府が借り上げて、三十間堀の工事に携わる人足たちを住まわせていた。

三十間堀の河岸地には人足用の小屋も建っているが、こちらの長屋は家族を持つ者たちが入っているらしかった。

えらの宇吉が入っていた家には別の夫婦者が入っていたが、長屋の大家に話を聞くことができた。

「旦那の前に、昨日のことです。玄蔵という親分さんも宇吉さんのことを聞きに来ていましたよ」

　大家はそう前置きして、

「旦那のおっしゃる通り、宇吉は女房子供連れでした」

　と言った。さらに、

「まさかあの人がね、盗人稼業の人だとは思えませんでしたよ。ええ、今だって半信半疑です。子供好きのいい父親ぶりでしたからね」

　懐かしそうな顔までしたのだ。

　宇吉はこの長屋では好かれていたのだ、子煩悩の、仲睦まじい家庭を持つ男だとみられていたのだと思った。

「その、女房と子供のことだが、ここを一緒に出ていったのか？」

「もちろんですよ。おかじさんと吉っちゃんと一緒にね」

　十四郎は聞いた。

「きっちゃん……宇吉の子は、吉というのか？」

　大家は言った。

「はい、万吉という名を短くして、長屋では吉っちゃんと呼んでいました」

「何」

十四郎の胸は高鳴った。

「利発な子でね、日傭取りの倅にはもったいないって言っていたんです」

「……」

十四郎は驚いていた。すぐに返事を忘れるほどだった。

――万吉が盗賊の倅だというのか……。

十四郎は起き上がって溜め息を吐いた。

どう考えても信じられなかったのだ。だが、宇吉が執拗に橋屋周辺に出没しているところをみると、ない話でもなさそうなのだ。

なにしろ万吉は、浅草寺で拾った子だ。

――もうほうってはおけぬ。

十四郎はがばと起きると、冷めた茶を一気に飲み干した。


「良介先生、さようなら」

子供たちの元気な声が庭のむこうから聞こえ、がたがたと文机を部屋の後ろに片付ける音がしはじめた。

万吉が通う塾は昼で終わる。八ツからもう一度やってくる者もいるらしいが、その者たちは、年長の子供で少し難しいことを学ぶためだ。万吉は商家に奉公する子供たちや、商家の倅などが習う『商売往来』と、近頃では算盤も習っているらしいが、これは武士の子などが習う漢籍をもとにした勉強とは一線を画した、実利的な教育だった。

良介先生というのは、一年前から万年町に住みついた人だが、正確にいうと名は岡田良介という浪人者だった。

年は三十の中頃か、温厚な人物で、近隣の親たちから望まれて塾を開いた事情もあって、皆、良介先生を頼りにしていた。

お登勢が万吉をこの塾に通わせるようになったのも、評判を人づてに聞いたからだが、噂に違わぬ人物の上、教え方もよほどうまいらしく、万吉は嬉々として毎日通っているのだった。

十四郎は物陰から、ずっとこの塾の様子を窺っていた。もう一刻にはなる。宇吉が万吉目当てに現れるのであれば、橘屋かこの塾に必ずやってくるに違いないと思ったからだ。

はたして十四郎は、自分とは別にもう一人、男が塾の横手の小路の物陰から子供たちの様子を窺っているのを知った。

頬被りをして、その上に笠を被っているから、えらが張っているかどうか、顔立ちはどうか不明だったが、きっと万吉を見張っているに違いない、と十四郎は思った。

子供たちが賑やかに表に出てくると、その男は用心深く物陰に身を引いた。

万吉はいちばん後に出てきた。生き生きとした屈託のない顔で、しかも念願の手習いに通えるのだから、体中から幸せだという気持ちがほとばしっている。

この間、いじめていた男児も出てきたが、今日は万吉を無視して帰っていった。

万吉は鼻歌を歌いながら仙台堀通りに出た。

その時である。笠の男が万吉に走り寄って腕を摑んだ。

「止めてよ、離せ！」

ぎょっとして叫ぶ万吉の腕をひっぱって、どこかに連れていこうとしている。

「待て！」

十四郎は慌てて走り寄った。そしてその男の腕を捩じ上げた。

「いててて……」

笠をとって面体を確かめると、

「勝次！」

なんとおつるの亭主の勝次だった。

利那、目の端に何かが映った。ちらと視線を向けると、

——宇吉か……。

よれよれの着物の男が、走って逃げていくのを見た。宇吉だと思った。その男は、あっという間に路地に入って姿を消した。

六

「散々手間をかけさせて、なんて野郎なんだお前は……」

金五は顔を赤くして勝次を睨んだ。

おつるの亭主を連れてきたと寺務所に知らせると、金五は飛んでやってきた。

勝次を睨んでいるのは、藤七と七之助も同じだった。

二人は、渡り中間を斡旋している口入屋という口入屋を片っ端から当たっていた。だが、勝次の奉公先を摑めなかったのである。

堀川の屋敷を世話した口入屋に至っては、

「お屋敷で不都合なことをしでかしたような者は、うちはもうお断りです。こち

らもせっかくの仲介料がふいになったばかりか、頂くべきものも辞退したようなありさまです。あの者は、きっとどこへ行っても雇ってくれるところなんてありゃしません」

冷たく言い放ったのである。

足を棒にして走りまわった分、腹が立つのだ。七之助などは先ほどから目を三角にして睨んでいる。

「おつるさんが重い病気であったことは話しましたね。それで勝次さんを捜していたんですが、なぜまた、万吉を攫おうとしたんですか」

お登勢の顔も険しい。

勝次は上目遣いにお登勢を見て、それから、自分をぐるりと囲んでいる恐ろしい顔の面々を見てから観念したのか、おそるおそる口を開いた。

「雇ってもらっている店の旦那に言いつけられたんです」

「何、誰だ、そいつは」

金五は勝次の膝前の畳を叩いた。

「『三崎屋』の旦那です」

「何者だ」

「献残屋です」

「なんだと……献残屋が何故万吉を連れてこい、などと言うのだ」

「知りやせん。あっしはやっと三崎屋に雇ってもらったんです。それで……」

首を竦める。

「何も理由は聞かなかったというのですね」

お登勢が念を押した。

「へい」

と言ったが、顔をはっと上げると、

「そういや、宇吉とかいう男に万吉を連れ去られる前に連れてこいって、そう言われて……」

「それじゃあ人攫いじゃないですか。手が後ろにまわりますよ」

「ですが、旦那は恐ろしい人です。言うことをきかなかったらどうなるか、宇吉という人だって命を狙われているんですから」

お登勢は、はっと十四郎を見た。いったい何が起ころうとしているのか、お登勢は空恐ろしくなったのだ。

十四郎も金五も、そこにいる皆の顔が強張った。

「すいやせん。あっしもおつるに駆け込まれて、夢も希望もなくなって、もうどうでもいいやと捨てばちになったものですから」

小さな声で言った。

「馬鹿者！」

金五が一喝した。

「なんと情けない男だ、お前は……おつるが寺に入ったのも、お前のせいじゃないか。何が夢も希望もなくなっただ」

「ですが、あれは前にも言いましたが、出来心だったんです。おつるを裏切る気なんて、これっぽっちも」

親指と人差し指で、小さなゴミでも飛ばすような所作をしてみせる。

「だから、馬鹿者だと言っているんだ。いいか、おつるとの決着がつくまで、どこにも行くでない。これからは行き先は俺にちゃんと報せろ」

金五は怒鳴る。

「金五、まずは万吉のことが先だ。勝次は何も知らないようだ。三崎屋は俺が調べてくる。藤七も七之助も手伝ってくれ」

十四郎は刀を摑んで立ち上がった。だがその時、

「十四郎様、玄蔵さんて方がいらっしゃいました」

お民が報せにきた。

「じゃ、こちらへお通しして下さい」

お登勢が告げると、金五が、藤七と七之助に言った。

「この男は寺務所に連れていって見張っていてくれ。こっちの話が終われば俺も戻る」

勝次は、しゅんと肩を落として藤七と七之助に引っ張られるようにして部屋を出ていった。

入れかわるように岡っ引の玄蔵が、

「ごめんなすって、大関の旦那の使いで参りやした」

と部屋に入ってきた。

「まずはこれをご覧下さいまし」

玄蔵は座るやいなや一通の書状を十四郎の前に置いた。

送り名は、京の町奉行所としてあり、印が押してある。

「大関の旦那はもうご覧になったのですが、急いで塙様にお知らせしろと申しつかったものですから……」

十四郎は頷くと、その書状を引き寄せて開いた。

読みはじめてすぐに、十四郎の顔が険しくなった。

金五もお登勢も、その様子を息を殺すようにして見守っている。

部屋の火鉢に載っている鉄瓶の口から噴き出す蒸気の音だけがやけに大きい。

皆、耳朶にそれを捉えながら十四郎の表情を見守った。

「驚いたな……」

十四郎は読み終わるやそう呟いた。そしてその書状をお登勢の膝前に滑らせた。

「へい、あっしも読ませていただきやしたが、こんなことがあるのかと道々考えて参ったような次第でして」

「おい、俺には何も分からんじゃないか。読むのももどかしい。話してくれんか」

金五がいらいらして言った。

「分かりました、お話しいたしやしょう」

玄蔵はひと膝寄せると、押し殺した小さな声で話しはじめた。

「書状に書いてあるのはこういうことです」

それは八年前の京でのことだった。

ひょっとことおたふくの面を被った二人組が、鴨川縁の質屋に押し入った。すぐに番屋にいた同心に追われることになるのだが、同心は取り逃がしている。京都町奉行所は、この時江戸町奉行所にも回状を送ってきて協力を求めているが、回状には賊を取り逃がした際の詳しい事情は明記していなかった。

また、賊の二人の京での暮らしや身元など、探索して分かったことがあるのかないのかも、空白のままだった。

そこで大関甚内が、当時調べて分かったことや、あるいは取り逃がした時の状況などを、できるだけ詳しく知らせてほしいと問い合わせていたのである。送られてきた手紙は、その返事だったのだ。

まず、奪われた金額についてだが、書状では五十両足らずと書いてある。

つまり賊は、金を貯め込んでいると思って押し入ったようだが、さほどの金は手にすることはできなかったということだ。

そしてもうひとつ、二人が何故、逃げおおせることができたのかについては、書状にはこう述べてあった。

二人は押し込みの現場から面を被ったまま一町（約一〇九メートル）ほど逃げたが、逃げ場所に迷って、いったん小さな神社に逃げ込んだ。

同心も追っかけて境内に走り込んだが、そこで奇妙な光景を見る。

賊の二人が賽銭箱の横で泣いている二、三歳の幼児を間に挟み、何やら言い合っていたのである。だが同心を見るや、ひょっとこの男は、その幼児を小脇に抱え込んで同心の方をきっと見た。

幼児の首に掛けていた錦のお守り袋が、ぶらぶらと垂れ下がっている。幼児は恐怖のあまり、ひーひーと声を上げていた。

ひょっとこの男は、匕首の切っ先を幼児に向けて、同心たちに叫んだ。

「こいつの命がどうなってもいいのか！……」

「止めろ、その子を放せ」

「うるさい、退け！　退きやがれ！」

同心を威嚇して、賊の二人は幼児を抱えたまま、神社の境内を走り出ていったのだ。同心と岡っ引は賊のあとを追ったが、すぐに見失った。

まもなく神社に引き返してきた岡っ引が、幼児が泣いていた場所で、一通の手紙を見付けたのだった。

それには、双子が生まれて育てていたが、お家のためにこの子を捨てざるをえなくなった。どうか心ある人に拾われて育てていただけますように……。そんなことが書いてあった。

双子は畜生腹といわれて忌み嫌う人は多い。特に家に思いがけない不幸があったりすればなおさら、双子のせいだと信じるのだ。

しかし捨てられていたのは二、三歳の幼児だった。生まれたばかりの子を捨てたわけではなく、親もそれまで因習にもめげず育てていたらしい。きっと苦渋の決断を迫られる何かがあったに違いないのだ。

捨てた子が、しかるべき家に拾われるのを両親は願っていたに相違ないが、よりにもよって盗賊に拾われたとは、不運としか言いようがない。

しかしその子のお陰で、賊二人は町奉行所の手から逃れることができたのである。

「おおよそ、そういうことが書いてありましたが……」

玄蔵は話し終えると息を継いだ。

「それでその子の行方は分かっているのか……」

十四郎が聞いた。

「それですが、あっしは、宇吉が親子三人で暮らしていた長屋も調べやした。そこで分かったのは、宇吉には一人の男児がいたということです。宇吉夫婦と暮らしていたその坊が、京で賊に攫われた子ではないかと考えておりやす。その子の名は万吉」

と玄蔵は言った。

「何、万吉だと！」

金五が、つい大きな声を出した。

「へい。四年前に、木挽町の質屋に賊が押し入った頃のその子の年齢は、六つか七つぐらいでした。京で子を攫って四年が経っておりやすから、子供の年はほぼ符合するんです」

十四郎は黙って聞いている。玄蔵も自分と同じように、あの長屋に行ったのだと思った。

「すると、この橘屋にいる万吉は、盗賊の宇吉に育てられた万吉だと、お前はそう言いたいのか」

金五が嚙みついた。

「へい。宇吉は四年前、その子を捨ててこの江戸から逃げやした。それなのに何故今頃と考えたんですが、やっぱり一緒に暮らしていた子を捨てたのは寝覚めが悪い。ほとぼりが冷めた頃だし、万吉を捜してみようかと江戸に舞い戻ったのだと考えています」

お登勢は心の動揺を隠すように目を瞑(つむ)った。

いや、それはお登勢だけではなかった。

十四郎も金五も、息苦しそうな顔で互いに目を合わせた。

お登勢はやがて、目を開けて玄蔵に訊いた。

「その子は、錦のお守り袋を首に掛けていたと言いましたね」

「へい」

お登勢は立ち上がった。

その時である。

「万吉！　待ちなさい！」

部屋の外でお民の声がした。

皆はっと顔を見合わせた。

お登勢は、弾かれたように戸を開けて叫んだ。

「お民ちゃん！」

お民が飛んできて言った。

「お登勢様、万吉が泣きそうな顔して飛び出していきました」

七

外堀に架かる鍛冶橋と呉服橋の中ほどに檜物町がある。古い話だが天正十八年（一五九〇）、家康入府の際に浜松からやってきた檜物大工が拝領した地である。当時は檜物大工が住まいしていた町で、町名はその名残だが、近年は様々な人が住んでいる。

特に千代田城を大得意先とする献残屋たちは、お城の近くに店を持っている。

おつるの亭主、勝次が雇われていたのも、ここ檜物町に暖簾を張る献残屋の三崎屋だった。堀に面した通りに一段と目立つ大きな看板を掛けていた。

献残屋とは、いわば将軍家や大名家、それに旗本などに献上された品物の払い下げ品を買い取って、それを再び販売する店のことをいう。

扱う品も多岐にわたり、品物はいい。献上するほどの品だから、吟味を十分にした品で、いずれも一級品である。

また、この世に一品しかない貴重な物も含まれていて、売りに出す時の値段は、こちらの勝手次第。

出入りをする客も、武家の者、商人など、これまたこれから献上をする品を求める人たちが相手とあっては、他の商人が聞いたら目を剝くほどの利益があった。安く仕入れて高く売りつける。献上品を使いまわすことで一層の利益があった。濡れ手で粟とはこのことで、千代田城のまわりには多数献残屋があったのだ。

この現象は大坂にはなかった。京にはあったが、献残屋が大繁盛しているのは、やはり江戸ならではのことだった。

ただ、単純に考えても、誰かの伝手があり、お城や大名屋敷や旗本屋敷に出入りできなければ成り立たない商売である。

ところが三崎屋は、店を出してまだ十年にも満たないのに、献残屋仲間では中堅どころに成りあがっていた。

——三崎屋は得体がしれない。賄賂の使い方がうまい。

などと陰口されていたが、主の強面の風貌から、面と向かって言う者はいなかった。

その三崎屋に今日もひっきりなしに武士が出入りする。まもなく女の節句が近いとあっては、武家もお城や諸侯に献上するお祝いの品の用意で忙しいのだ。

ところがこの日、店の奥の座敷では、主の利兵衛が怒りの声を上げていた。

「勝次が捕まっただと……しかも万吉も連れてこられねえ、おまけに、宇吉にも逃げられたとあっては……」

三崎屋は苦い顔で男を見据えた。

「申し訳ございやせん」

謝っているのは、色の白い、唇の赤い男だった。

「先だってあれほど言っておいたのに、おめえは何をやってたんだ」

怒りにまかせて、利兵衛の言葉遣いはぞんざいになってきた。その目の鋭さも、商人のものではない。

部屋の隅には浪人が一人いた。暗くて薄気味悪い目の色だった。

じいっと二人の会話を聞いている。総髪の痩せた男で、どうやら用心棒らしい。

「まさかこんなドジを踏むとは思いもよりやせんでした。ただ、勝次の野郎は何も事情は知りやせん。言われた通りひっ攫おうとしただけですから」

「ただ、捕まったとなれば、勝次の口から三崎屋の名が出るのは間違いない……」

三崎屋は苦虫(にがむし)を嚙みつぶす。

「いや、三崎屋の名が出たからといって恐れることはない。宇吉の悪計から万吉を守ろうとした、そう言えば済むことじゃないのか」

　言ったのは浪人だった。底光りする目を利兵衛に向けている。

「その通りです。しかし、そのためには宇吉が捕まっては困る。捕まる前に死んでもらわなきゃならん」

「旦那、もう少しお待ち下さいやし。そしたら必ず……」

　唇の赤い男が言った。

「宇吉を必ず殺すんだ」

「へい、承知しやした。で、万吉の方は……」

「万吉のことはもうお前には任せられない。いいか、万吉を捕まえて京に連れていけば金になるんだ。百や二百じゃない。万吉は金蔓だ。お前に任せたのが間違いだったんだ」

「旦那……」

「ふん、こんなこともあろうかと思ってな、万吉を呼び出す手立ては打ってある」

　利兵衛は冷たい笑みを漏らした。そして浪人に顔を向けると、

「九鬼(くき)の旦那、頼みましたよ」

　利兵衛は言った。

「任せておけ」

浪人は立ち上がって唇の赤い男の前に腰を落とすと、恐ろしい顔で囁いた。

「留次(とめじ)、今度こそドジを踏むんじゃねえぞ」

その頃、万吉は全速力で駆けていた。

――おいらのおとっつぁんは、盗賊なんかじゃねえや。

怒りと哀しみが交互に万吉の胸を襲ってきて、万吉は息の切れるのも忘れて走ってきた。

こんなに走ったことがあるだろうかというほど走り続けた。

万吉は万年町の橘屋を走り出ると、仙台堀の通りに出、西に向かって走り続け、大川(おおかわ)に出ると、今度は川上に向かって走った。

周りのものは何も目に入らなかった。

ただ、走って走って、走ることしか頭に浮かばなかった。胸に溢れる怒りと哀しみを、どうおさめていいのか分からないのである。

万吉はこのところ、塾に通うたびに誰かに見張られている気がしていた。

それが今日、見知らぬ男にいきなり腕を摑まれて、どこかに連れていかれそうになったのである。

――十四郎様がいなかったら、おいら今頃……。

考えたらぞっとするが、それより驚いたのは、誰の仕業かごん太の首輪に結び文をつけた者がいたことだ。

とり上げてその文を開いてみると、

おっかさんとせんそうじでまっている　うきち

とあったのである。

――うきち……。

万吉は少し考えた。だがまもなく、

「おとっつぁんか……」

つい声に出して顔を上げた。

宇吉だなんて、そんな名はすっかり忘れていたが、おっかさんと待っていると書かれた文字に、昔の父親の名を思い出したのだ。

おっかさんの名は、おかじだと、母親の名も思い出した。

二人が自分に会いに来てくれたのかと思うと、万吉の胸は会いたくて会いたくて心の臓が音を立てた。

お登勢のところに十四郎やお客が来ているのは分かっていたが、ひとこと告げて、浅草寺に一刻も早く行きたい。

そう思ってお登勢の部屋に近づいたその時、金五の声を聞いたのだった。

「すると、この橘屋にいる万吉は、盗賊の宇吉に育てられた万吉だと、お前はそう言いたいのか」

万吉は、お登勢の部屋の前で硬直した。

――おいらが、盗賊の子だって……。

数日前に、塾の仲間にはやし立てられた言葉が万吉の頭に甦(よみがえ)った。


万吉だれの子悪人の子、おとっつぁんは島送り、おっかさんは江戸払い……


――冗談じゃねえや、ってそう思っていたけど、おいらは本当に盗賊の子なのか……。

そんな筈はない。おとっつぁんは、毎日土を運んで、石を運んで、それでおいらを育ててくれたんだ。

　おっかさんは、おいらの汚れた着物を、ごしごし洗いながらこんなことを言ったっけ。

「万吉、いくら汚してもいいんだよ。ううんと遊んできな。お前が元気で、楽しそうにしていてくれるのが、おっかさんはいちばんなんだ」

　――そうだ、こんなこともあった。

　おとっつぁんの肩車に乗って、三人でどこかに行ったんだ。そうだ、楽しい音が聞こえて、あれは祭りだったのだ。

　ほんとにすっかり忘れていたのに、どうして昔の記憶の断片がこうも次々と出てくるのか不思議だった。

　――ちくしょう。

　とうとう息が切れたのと悔しいのとで、万吉は立ち止まった。

　ぜいぜいと胸が苦しい。もう走れそうもないのだ。

　膝小僧に両手を置いて、万吉は肩で息をした。

「おい、ぼうず、どうしたい。気分でも悪いのか」

　ふいに、大工のなりをした二人連れが声を掛けてきた。

だが万吉は、きっと顔を上げた。

「なんでもないや」

「このガキ、人が心配してやったのに、なんて言いぐさだ」

大工二人は睨みつけて去っていった。

「へん、なんでもないや……おとっつぁんは盗賊なんかじゃねえや！」

見知らぬ大人の背中に毒づくように言ってみたが、ふいに万吉の胸は張り裂けそうになった。

そして涙があふれ出た。

ぐっぐっ……。

万吉は前方を見詰めて泣いた。

「おっかさん……おとっつぁん……」

万吉の口から、長い間封印していた言葉がこぼれ出た。

八

お登勢は、納戸(なんど)の布団部屋にある箪笥(たんす)の引き出しから風呂敷包みを取り出した。

「お登勢様、いったい何があったのですか」

仲居頭のおたかが慌ててやってきて、お登勢の傍に座った。

「先ほど、十四郎様や近藤様、それに鶴吉など若い衆まで総出で外に出ていきましたが、お登勢様までここで何をなさっていらっしゃるのですか」

怪訝な顔で、悲しげなお登勢の横顔を見た。

お登勢は耳でおたかの言葉を聞きながら、その手は風呂敷包みの中を探っている。

風呂敷の中にあるのは、着古した子供の着物だった。

「あった……」

お登勢は、錦のお守りを取り上げて見た。

「それは……昔の万吉の」

「そうです。私が浅草寺から連れて帰ってきた時の着物です。小さくなって着られなくなったのですが、何時か、ひょっとして、母親が現れたりした時には、大事なしるしになると思ってとっておいたのです」

「まあ、すると、そのお守りも？」

「ええ、万吉が首に掛けていたものです」

お登勢は用心深くお守り袋の口を縛っている紐をゆるめ、中から紙切れを取り出した。

それには、万太郎(まんたろう)とある。

「万太郎……これ、万吉の名ですか」

おたかが覗いて言った。

「たぶん……でもあの時、浅草寺で拾った時のことですが、私が名を聞くと、あの子は、まんきち、って言ったんです。もしやと思ってこのお守り袋も見たんです。そしたら、万太郎と書いてある。本名は万太郎なんだと思いましたが、あの子の言葉を信じてそれで万吉の漢字をあてました。この名のことは、あの子の記憶にもないことですので黙っていたのですが……」

「いったい、いずこの神社のお守りでしょうか」

おたかは、まじまじとその紙切れを見ていたが、

「お登勢様」

驚いた声を上げた。

「ここに、ここ、見て下さい」

おたかは紙切れの中にある文様(もんよう)を透(す)かして見ている。紙をかざしたまま、お登

勢に言った。

「これは、特殊な紙のようです。ほら、梅の花の文様です」

なるほど、そう言われればそうだと思った。五弁の花びらが漉き込まれている和紙だった。

「これは商家の標ではありませんか。それとも、お武家の御紋かしら」

おたかは言った。

そういえば、名のある商家や格式の高い武家などでは、家の標として、持ち物にその文様を入れる。

「このような紙はあつらえに決まっています」

おたかは、自分を納得させるように口走った。

「…………」

お登勢は、大きく息を吐いた。思いもよらなかったことだ。

あのとき、万吉の話しぶりから、名のある商家や、格式ある武家の家の生まれなどとは考えもしなかった。

どこにでもいる、下町の、長屋で育った子供にしか見えなかったからである。

ただ、万太郎という名に気をとられたが、それも本人が万吉と言っていることから、それ以上の考えを巡らすことはしなかったのだ。

お登勢は、はっと気付いておたかに聞いた。

「おたかさん、『蔦屋』のご隠居様はお帰りになっていますか」

「はい、先ほど……」

お登勢は紙切れを持って立ち上がった。

「ご隠居様の部屋に、お茶を運んできて下さい」

お登勢は決心した顔で部屋を出ると二階に上がっていった。

蔦屋の隠居というのは、京の紅問屋『蔦屋』のご隠居のこと。この江戸の分家の紅屋で祝いごとがあってやってきたのだが、江戸の歌舞伎を楽しんでから帰りたいと言い、橘屋にしばらく逗留している老人である。

分家に泊まるのはお互いに窮屈だ、などと言って、橘屋にやってきた。

既に半月は過ぎているが、毎日出歩いていて、六十の老人にしては好奇心も体も、びっくりするほど若いのである。

今日は向島に梅を見に行った筈だが、もちろん毎日、橘屋の若い衆が代わる代わるついていっているのであった。

「ごめんくださいませ」

お登勢は二階の隠居の部屋の前で声をかけた。

すぐに中から声がして、お登勢が入ると、隠居は役者絵を部屋いっぱいに広げて悦に入っていた。

「どうです……あの絵もこの絵もと思って買っておりましたら、こんなことになりました。いやはや、楽しい」

隠居は上機嫌のようだった。

だが、おたかが茶を運んで退出すると、

「お登勢さん、何か話があるようですな」

膝を直して、優しげな笑みをみせた。

「はい、お疲れのところを申し訳ありませんが、教えていただきたいことがございまして……」

お登勢は、隠居の膝前に、あの紙切れを差し出した。

「これは……」

紙を取り上げた隠居は、怪訝な顔でお登勢を見た。

「はい、その紙にございます透かしの標に、何かお心当たりはないものかと存じまして……」

「どれどれ……」

透かして見るが、

「駄目だね、年をとると……」

隠居は立っていって、床の間の荷物の中からめがねを出してきた。

めがねを掛けて、もう一度透かして見る。

「ああ、これは、丸田屋さんの」

「丸田屋……」

「はい、三条大橋の東袂にある蠟燭問屋です。あの店の標です。あのお店で蠟燭を買いますと、この紙で包んでくれます。もっとも、同じような標を使っている店は他にもあるかもしれません。ですが、花びらの大きさ、紙の質、これは丸田屋さんのものですな」

「蠟燭問屋の丸田屋さん……」

お登勢は驚きを隠せなかった。

「京の寺社はむろんのことですが、このお江戸の寺社で、蠟燭問屋、丸田屋の名を知らぬ者はありません。なにしろ初代はお武家だったようですから、何があったのか町人になって蠟燭問屋の主となった」

「……」

「ところであんた、こんなことをお話ししていいものかどうか、丸田屋さんにも翳りが見えてきたのか、大切な跡取りを去年だったか、亡くしましてな」

「まあ」

「流行病だったようだが、今あの店は跡を誰にとらせるかで頭を抱えている。娘が一人いるにはいるのだが……いや、実は亡くなった倅には双子の兄弟がいたんですが、先に生まれた子に立て続けに死なれていましたから、悩んだ末に一人捨ててしまった」

「捨てた！」

「はい、今となっては、生きているのか死んでいるのか……気の毒なことです。何、私も少しは歌をやります。それで丸田屋のご隠居とはたまにお目にかかるものですから……」

「……」

「どうなされた……何か驚いているようだが……」

隠居がお登勢の顔を覗くように見た。

「いえ、珍しい紙が紛れておりましたので、それで……」

お手間を取らせましたと、お登勢はすぐに隠居の部屋を退出した。

万吉は歩き続けて浅草寺にやってきた。

まだ陽差しは冬の名残か、浅草寺の境内には、長い影が伸びはじめていた。

参詣や遊興目当てに来ていた者たちも、ぼつぼつ腰を上げて帰り支度を始めたころだ。

境内にずらりと並んだ出店や屋台も、店じまいにかかって浮き足立っていた。

万吉は脇目もふらず、時の鐘のある場所に向かった。

そこはお登勢に拾われた場所だった。父親と母親の記憶が万吉の頭から色褪せても、お登勢との出会いは、万吉の脳裏には鮮明にあったのだ。

腹が空いてたまらなかったところにお登勢が現れたのだ。母親とは比べものにならないほど美しい人だったが、万吉はその時、母親にすり寄るようにお登勢の胸に飛び込んだのだった。

それから四年余り、万吉は橘屋で暮らしてきた。着物を着せてもらって、満腹になるまで食事もし、読み書きも習い、今は塾にまで通わせてもらっている。

万吉は橘屋の奉公人だが、格別の待遇を受けてきているのだ。

万吉は、鐘楼の傍の階段のところに腰かけると、ふと、あんなに世話になったお登勢に黙って出てきたことを後悔しはじめていた。

——心配してるに違いない。おとっつぁんと、おっかさんに会ったら、一緒に橘屋に帰って、訳を話さなくちゃな。

何をおいても、お登勢様には義理があると万吉は思うのである。

金五の言葉に驚いて泣く泣く歩いてきたが、両国橋を渡り、浅草寺に近づくにつれて、万吉は少し冷静に考えられるようになっていた。

そうしてこれまでのことを考えてみると、一生懸命勉強するのも、まずはお登勢様にご恩返しがしたいという気持ちからだ。

立派に育ててくれたと、何時かお登勢様にお礼を言いたい……その気持ちが第一にあったのだ。

万吉は、遠くの屋根が茜に染まるのを眺めていた。

やがて、おかしいなと万吉は立ち上がった。

誰も来ないじゃないか、あれはひょっとして、いたずらだったのかと不安になったのだ。

幼い子供の頃の記憶では、父や母に対する像が結びにくくなっている。こうだというものがない。考えても判然としないのだった。

だが、自分の両親なら、ここにこうしておいらがいれば、自分の子供だろうことは分かる筈だ。

そう思って待っていたのだが、ひょっとしてここではないのかもしれないと思い出したのだ。

お登勢と会ったのは、確かにこの石段だったが、それも万吉の記憶では、あちこち歩いてここに来たようにも思えてくるのだ。

万吉はまた泣きそうになった。

——せっかく手紙を貰って走ってきたのに……。

石段を上がったり下りたりして、近くを通りすぎる大人を見ていたが、

——やっぱりここじゃない。

万吉は思った。

そう言えば、

——菜の花が……。

お地蔵さんの周りに咲いていて、ここを動くなと言われたような……。

「五重塔だ」

万吉は、時の鐘のある階段を駆け下りた。

五重塔を見上げながら、三体のお地蔵さんのある所で、三人で餅菓子を食べたことを思い出したのだ。

あの時の三人は、一人は自分で、あとの二人は両親だったのだ。両親は餅菓子をひとつずつ食べただけで、あとの八個は万吉に食べろと言ったのだ。

そして、少し用事を思い出したから、お前はここで待て、そう言って二人は万吉を置いて、その場を離れた。

万吉はしばらくずっと五重塔を見上げて座っていた。退屈しのぎに、付近に咲いている菜の花を摘んだ。そしてお地蔵さんの花入れに入れてあげたのを覚えている。

だが、その菜の花が、しおれて首を垂れるようになっても、両親は戻ってこなかったのだ。

——おいらが心細くなって鐘の所に行ったのは、それからだったんだ。

万吉は五重塔を目指して走ると、

「ここだ」

三体の地蔵がある場所に立った。

周りを見渡すと、菜の花はまだ蕾だった。

万吉は、腰かける石を選んで、そこに座った。

辺りを見渡したが、万吉に覚えのある顔はひとつもなかった。

がっかりして肩を落とした万吉だが、その万吉を時の鐘の所から追ってきて、そして物陰に身を隠した人がいた。

藤七と七之助だった。

「十四郎様とお登勢様を呼んできてくれ」

藤七は言った。

金五は勝次のことで残ったが、十四郎もお登勢も、万吉を捜しに浅草寺にやってきていた。

二人はお登勢が万吉と出会った時の鐘の所に行ったから、そこにまだいる筈だった。

万吉は会ってないから、万吉が時の鐘の石段を離れたあとに、十四郎とお登勢はそこに向かったのだ。

「承知」

身軽な身のこなしで七之助がもと来た方角に走って消えると、藤七は万吉の隙を窺いながら物陰から物陰に移動し、石で彫った像の背後に腰を落とした。

万吉がいる地蔵三体まで三間ほどの距離だった。

九

「万吉かい」

すっかり闇に覆われはじめた境内で、歯を食いしばるようにして座っていた万吉に声を掛けてきたのは、どこかに懐かしさが残る、えらの張った男、宇吉だった。

万吉は反射的に立ち上がった。

「……………」

だがすぐには声が出てこない。

「大きくなって……」

宇吉は万吉の手を取った。両手で包んで、

「すまなかったな、万吉。許してくれるかい」

宇吉は涙をぼろぼろとこぼした。

「おっかさんは……おっかさんは……」

手を握られたまま、あたりを見渡す。

「すまねえ、死んだんだ」

「おっかさんが……」

呆然と宇吉を万吉は見た。

「おかじは、死ぬ時におめえのことを案じてよ、なんとしても万吉を捜し出して、それから幸せにしてやらねばってな。それでおとっつぁんは会いに来たんだ」

「だったら、だったら、何故おいらを捨てたんだ。ここに捨てたろ、おいらをここに」

万吉は三体の地蔵を力を込めて指した。

「すまねえ、事情があったんだ。泣く泣くおめえをここに置いたんだ。だからよ、今度こそおめえを幸せにしなくちゃならねえ。そう思って連れに来たんだ」

「おいらは盗賊にはならねえ」

万吉は、きっぱりと言った。

宇吉はぎょっと見返した。だがすぐに、

「おめえを盗賊なんかにするもんか、何を寝呆けているんだ……おめえはな、おとっつぁんとは違う、京の立派なお店の跡継ぎになるんだ」

「おとっつぁん」

万吉はきっとなった。

「おいらをまた余所にやるっていうのか。おいらは行かねえぜ」

「詳しいことはゆっくり話すが、余所にやるんじゃねえ。おめえを、本当の両親のところに連れていくんだ」

「嫌だ、信じるものか！」

「万吉、よおく聞いてくれ。俺とおっかさんがお前を育てていたのは、京の神社で泣いていたおめえが可哀相で」

「捨てられていたんだろ」

皆まで聞かずに万吉は言った。

「万吉」

「知ってるんだ、おいらは捨て子だったんだ、そうなんだろ、それでおいらを拾って育てて、でもおとっつぁんたちも捨てたじゃねえか。何回捨てたら気がすむんだ」

きっと睨んだ。だが、捨て子だと口に出したくもなかった言葉を発したことで、また万吉の胸に哀しみが溢れてきたようだった。

万吉の双眸から、ぽろぽろと涙が零れ落ちた。

「万吉……」

「おいらは知ってるんだ」

涙を拭き、しゃくりあげながら万吉は言う。

「万吉、今度は嘘じゃやねえ。おめえには苦労の日々だったが、今度こそ幸せになれるんだ。京のお店ではおめえを捜している。それが分かって連れに来たんだ」

「だから手紙をくれたのかい」

「手紙……いいや」

宇吉は首を横に振った。

「ここにいりゃ、ひょっとしておめえに会えるかと……」

怪訝な顔で言ったその時、あの三崎屋にいた九鬼という浪人と、留次という男が近づいてきた。

「手間が省けたというのはこのことだ」

二人は宇吉と万吉の前まで来て立ち止まった。

「お前たちは、誰だ」

宇吉が叫んだ。宇吉は、万吉を背に、庇うように立っている。

「三崎屋に頼まれてな」

九鬼は、くつくつ笑って言った。

「な、なんだと、利兵衛がなんだってんだ」

「おめえには死んでもらいたいとよ」

「な、何」

「そして、万吉は三崎屋の旦那が京に連れていく」

「なんだって、すると、万吉に手紙を送ったのは」

「三崎屋よ、三崎屋は何もかも知っているからな。お前たち夫婦が、子供連れでは逃げられねえ、邪魔だというので、四年前に、この浅草寺に万吉を捨てたのを」

「違う、それは違う。邪魔でここに置いたのではない」

「うるせえ！……ほざくのは、あの世に行ってからにしろ」

九鬼はいきなり抜刀すると、宇吉を袈裟懸けに斬った。

「待て、何をするか」

藤七が走り出た。

だが、すでに万吉の腕は留次に摑まれていた。

「待て」

九鬼が刀を振り上げた時、

「橋屋の者だな」


十四郎とお登勢が七之助と走ってきた。

九鬼が体を十四郎の方に向けるのと同時に、十四郎は走りながら抜刀し、九鬼に飛びかかった。

激しい刀の撃ち合う音がして、九鬼は一間ほど飛び退いた。

その一瞬を狙って、十四郎は匕首をかざして藤七を牽制していた留次の腕を斬った。

「うわっ」

留次が声を上げて匕首を落とした。

「野郎！」

七之助が留次に飛びかかった。七之助は、あっという間に組み敷くと懐にしのばせていた捕り縄で留次を縛り上げた。

一方九鬼は、十四郎の腕にひるんだのか後退した。だが十四郎は刀の切っ先を突きつけたまま、九鬼を追いつめた。

　捨てばちになった九鬼が撃ってきた。十四郎はその剣を強い力で撥ね上げると、峰を返して九鬼の肩を撃った。

「殺せ！」

九鬼は膝をついて肩を押さえている。

「大事な証人だ、お前は生かしておく」

十四郎は、睨み上げた九鬼の顔に言った。

その時である。

「おとっつぁん」

万吉が宇吉に走り寄った。

「万吉、京に、京に……」

万吉に向かって手を伸ばして宇吉が呟く。

万吉はその手を握って、

「おいらは、この江戸から離れねえ。おいらは、おとっつぁんの子だ。橋屋からどこにも行かねえ！」

　きっぱりと万吉は言ったのである。

「万吉……」

お登勢が目頭を押さえた。

十四郎は、黙って万吉の肩に手を置いた。

万吉は、息絶えた宇吉の顔を、歯を食いしばって見詰めていた。


慶光寺の寺務所で、勝次とおつるの対面が行われたのは、三日後のことだった。

おつるは病み上がりだったが、万寿院の特別の許しが出て勝次に会わせると伝えると、お願いしますと深々と頭を下げたのだ。

二人の対面の付き添いは、金五と十四郎、それにお登勢と藤七だった。

固い表情で臨んだ二人だったが、顔を合わせ、勝次がぱっと手をついて、

「すまねえ、俺が悪かった」

手をついた時には、おつるも顔を歪めて、やがてぽろぽろと涙を零した。

勝次は手をついたまま、おつるが病に倒れたと聞いた時、辛い修行のせいだとも思い、そうさせたのは自分だと悔いたことを打ち明けた。

「別れたくねえばっかりに、おめえを苦しめて……俺は後悔しているんだ。もう無理は言わねえ。今日にでも印を押すから、ここを出て幸せになってくれ」

そう言ったのである。

勝次の言葉は、金五をはじめ皆にとって意外なものだった。

だがそれ以上に意外だったのは、おつるが涙を拭いて言った言葉だった。

「あんた、悪いのはあんたばかりじゃないよ。このあたしも、悪かったんですよ」

見守っていた四人はびっくりした。

おつるはお登勢に向き直った。

「お登勢様、寺に入って初めて見えてきたものがあります。亭主が渡り中間だということは、最初から承知していたことだったのに……ええ、むしろ、きりりとしてお武家様にお仕えする姿が凛々しいと思っていたのに……」

夫婦になって一年二年と経つうちに、お手当の少ないのが不満になってきた。

女の自分が、働いて働いて、しかも三度のご飯も作り、掃除をし、洗濯をし、これじゃあ、あたしが丸抱えしているも同じじゃないか。不満がだんだん募ってきて、

「そうなんです、顔を合わせるたびに、こんなつもりじゃなかったと……もっと稼いできてから亭主の面をしろなどと、酷いことを言いました。自分でも驚くような汚い言葉を勝次さんに吐いて……だから勝次さんが他の人に心を寄せていっ

たのは無理もなかったんです。あたしが勝次さんだったとしても、同じようなことをしたかもしれません」

病気になって、自分でも明日が知れないと不安に思った時、そのことだけは勝次さんに謝っておきたい。病床の中でずっとそれを考えていたのだと言った。

おつるはそこまで話すと、声を出して泣いた。

「おつるさん……」

お登勢はおつるの肩を撫でてやった。

貧しくても手に手を携えて生きていけると信じていたのに、現実の追いつめられた暮らしの中で、自分を見失っていく女は世の中にはいっぱいいる。

おつるは寺に入って一年だが、その一年の間に、これまでのことを冷静に考えて、それで今日のこの言葉になったらしい。

おつるの苦悩は、寺の雑用などではなかった。心の痛みに耐えかねて熱を出したのかもしれなかった。

「おつる、亭主がそう言うのなら、明日にでも寺を出られる。示談ということでな」

金五が口を挟むと、

「ありがとうございます」

おつるは金五に頭を下げたのち、今度は勝次に、

「ありがとう勝次さん、あたしもあたしなりにこれからやっていきます。ですから勝次さんも心おきなくいい人とやりなおして下さい」

そう言ったのだ。

「とんでもねえよ」

勝次は激しく首を横に振ると、

「女とはとっくに別れていらあ。俺の頭にあったのは、おつる、おめえのことだけだ」

勝次は言ったのである。

それを見ていた金五が、むずかしい顔をつくって説教した。

「ひとつだけ言っておくぞ。元の鞘に収まりたいと考えているのなら、それはそれでいい。だがな、万が一にも二度と、ここに駆け込んできても、いっさい受け付けないからそのつもりでな」

二人が小さく頷くのを見て、金五はお登勢と十四郎に片目を瞑ってみせて苦笑した。

十

ここ数日の間に、橘屋の庭には桃の花が綻び、菜の花が咲き始めた。

仏壇の花を採るために鋏を手に裏庭に出たお登勢は、菜の花に手を伸ばして止めた。

浅草寺の三体の地蔵の前で、捨て置かれた万吉が、菜の花を摘みながら、両親をまちわびている光景が頭を過ぎったからだ。

春先に咲く、この黄色い花は、春の香りとともに元気を授けてくれる花である。

その花に思いを託し、心細さを花を摘むことで紛らわしていた万吉を思うと胸が痛む。

目の前の花を切ろうかどうしようかと迷っていると、

「お登勢様、行ってまいります」

背後で万吉の元気な声がした。

「行ってらっしゃい」

お登勢は明るく送り出した。

万吉は元気よく庭を出ていったが、

「万吉、終わったらとっとと帰ってこなくちゃだめよ、薪を今日のうちに運ばないと。分かってるでしょ！」

お民のいつもの声がした。

お登勢は苦笑した。

万吉はあれから、いっそう宿の仕事も、塾の勉強も身を入れてやっている。

自分が盗賊に拾われ、その盗賊にまた捨てられたことなど、撥ね返しているようだ。

もっとも、宇吉夫婦が浅草寺に万吉を捨てたのは、こんなお尋ね者と一緒の暮らしでは、この子のこの先は知れている。それよりいい人に拾われて、自分とは違う人生を歩んでほしいと思ったからのようだ。

京の丸田屋に連れていくという話を、三崎屋利兵衛にしたのも、当座の金を出させるためで、万吉で金儲けをしようなんて考えはさらさらなかった。その本心は、万吉のこの先の幸せを願ったためのことだったのだ。

それらは、宇吉が密かに逗留していた家の、多助という男から同心の大関甚内が聞いたものだが、万吉にとっては救われる話だった。

宇吉と多助は、三十間堀の人足として一緒に働いたことがあったというのである。

お登勢は、蔦屋の隠居に事の次第を書いた手紙を託そうかと思ったが、

「おいらは捨てられたんだ。誰がどう言っても帰らねえ。橘屋で立派になる、橘屋で暮らしたいんだ」

全ての事情を知ってもなお、固い決意でそう言う万吉の気持ちを、お登勢はないがしろにはできなかった。大人の考えだけで京に知らせるのも今はよした方がいい。そう思っているのである。

——そのうちに、両親とは対面することがある……。

再び菜の花の根元に鋏を入れた時、

「お登勢殿」

今度は十四郎の声がした。

「ずいぶん今日はお早いこと、お稽古はよろしいのですか」

お登勢は、縁側に立っている十四郎を見た。

「三崎屋だが、打ち首になったそうだ」

十四郎は言った。

「はい、大関様からお聞きしました。ひょっとことおたふくの事件を解決したとかで、大関様は金一封を頂いたそうですよ」

「なんだ、知っておったのか。それより、万吉はどうだ」

心配そうな顔で聞いた。

「はい、いつもと変わりなく……」

お登勢は言い、春の陽に輝く菜の花を振り返った。

第三話　鳴き砂

一

「何時（いつ）おいでになるのかと、お待ちしておりました」

大家の八兵衛（はちべえ）は、にこにこしながら出てくると、相変わらず狸のような目を向けて、

「どうぞ、お上がり下さいませ」

薄暗い奥を指した。そろそろ表は陽が落ちるが、しまり屋の八兵衛は、まだ部屋に行灯の灯を入れずにいたらしい。

「何、ちょっと寄ってみたまでだ。皆どうしているかと思ってな」

十四郎も、八兵衛の顔を久しぶりに見て、懐かしさがこみ上げてきた。

なにしろ、長年いた長屋だ。藩が潰れたあとの寄る辺ない日々を、この米沢町の長屋で暮らした。

暮らし始めた当時は母もいて、八兵衛はじめ長屋の連中は十四郎親子の不如意な暮らしに、ずっと寄り添ってくれたのである。

それが、降って湧いたように諏訪町の道場『一心館』に引っ越す話が持ち上がり、慌ただしく長屋を出たものだから鋳掛け屋の女房おとくなどは、

「皆でおかずと酒を持ち寄ってさ、旦那のお見送りをやろうよ」

などと言ってくれていたのに、その話もそれっきりになっている。

「一度長屋のみんなに道場に来てもらって、蕎麦でも馳走しないと俺も寝覚めが悪い」

十四郎は頭を掻いた。すると、その言葉が聞こえたものか、

「そうだよ、まったく。皆楽しみにしていたのにさ。さっさと長屋から出ちまって、十四郎の旦那は水くさいって皆で言ってたんだ」

おとくが入ってきた。

「おう、おとく、久しぶりだな」

すると、おとくの亭主徳蔵や、おかね夫婦、長屋の奥に暮らす祈禱師までやっ

てきて、大家の八兵衛の家の前に集まった。

「旦那、旦那が暮らしていたあとにはね、もう綺麗な女の人が入ってきたんだよ」

おとくが言って、ふふふと笑った。

「すみませんね。いつまでも空き家にしておくことはできませんので」

八兵衛が申し訳なさそうな顔で言った。

「あっ、そうだ。大家さん、忘れてるんじゃないかね。ほら、あれ」

おとくが手を振って八兵衛を促した。

「あっ、そうでした」

八兵衛は奥に走ると、紙に包んだ物を持ってきて十四郎に渡した。

「部屋にお忘れでした」

広げてみると、なんと、よれよれの下帯。

はっと八兵衛を見た十四郎に、

「引っ越した後の台所の隅にございました。濡れていたので、この私が干しておきました」

八兵衛は、にやにやして言った。

「そうか、それはすまなかった」

そういえば、下帯が一本足りないと思っていたのだ。それにしても、これで八兵衛には、ずっとからかわれそうだと苦笑いした十四郎に、

「ご安心下さい。知っているのは、ここにいる連中だけですから」

八兵衛は慰めたつもりだろうが、なんとも逃げ出したい気分である。

「とにかく、お上がり下さいまし」

断るまもなく十四郎は、八兵衛の家の中に押し上げられるようにして上がった。

すぐにおとくやおかねが自分の家に走り、皆漬物なり、いわしの干物なり持ち寄って、酒は八兵衛がとっくり酒を出してきて、ささやかな宴会が始まった。

「ちょいと、あんた、せっかくだから、あれをおやりよ」

おとくの命令で徳蔵が恥ずかしそうに立ち上がった。

頭に鉢巻きをし、八兵衛が用意した笠を手に、

やっとこ　やっとこ　伊勢参り
やっとこ　やっとこ　伊勢参り
ここは品川　四宿(ししゅく)のひとつ

普段はおとなしい徳蔵が、初めは照れくさそうにしていたのに、すぐに興に乗って踊り出した。

女房のおとくも、亭主の徳蔵に調子を合わせて、大仰に手拍子を打つ。

やっとこ　やっとこ　伊勢参り

――こりゃあ何時終わるともしれぬな、どうやら東海道を上っていく歌らしい。

十四郎は観念しておとくに合わせて手を打った。

同じ時刻、すぐ近くの両国橋の上には、まだ人の賑わいが続いていた。

川開きした夏の頃とは比べるべくもないが、それでもここは御府内でも有数の繁華なところ。

橋の両袂にはまだ水茶屋や出店が灯りをつけて商っていて、辺りは月の明かりも提灯もいらぬほど明るかった。

ただ、橋の上は両袂に比べて足下は薄暗く、行き交う人の顔を見定めるのも、昼間と同じというわけにはいかない。

だが、西袂から渡ってきた羽織袴姿の武士の顔は、手にした提灯の灯りに照らされて、異様に険しいのが人の目を引いた。

三十半ばの年の頃か、月代も青々として、前を見据える目は鋭い。

その武士を、すれ違いざま立ち止まって見返った者がいる。

こちらも武士だが、提灯の男と変わらぬ年の頃のようだった。眉の濃い男である。大きく目を見開いて提灯を持った武士のうしろ姿を見詰めたが、その目には驚きがこめられている。

その時だった。提灯の武士も気配に気付いたか、立ち止まって振り返った。こちらの顔も驚いている。

二人は睨み合った。互いが相手を射るような目で睨む。

「やはりこの江戸にいたのか」

眉の濃い男が言った。くぐもった威圧するような声だった。

来い！……というように、眉の濃い男は顎をしゃくった。

眉の濃い男は橋の西袂に向かって歩き出した。

提灯の男も、少し離れて後ろからついていく。

二人は西袂に下りると、そこからさらに西に向かった。二人の間に緊迫した空気が漂うのを、通りすがりの人たちが気付いたのか、すれ違いざま、眉の濃い男と、その後ろから行く提灯の男を交互に見送った。

やがて眉の濃い男は、両国稲荷の境内に入っていった。

提灯の男も続いて入った。

途端に人々の喧騒は遠くなった。境内の周りには木々が植わっている。暮六ツを過ぎた頃なら境内の石灯籠に灯が灯っているが、今はそれも消え、淡く足下を照らしているのは月の光ばかりだ。

二人は境内の中ほどで立ち止まった。先にたって歩いてきた眉の濃い男が、くるりと振り返った。

「久しぶりだな市岡(いちおか)……」

眉の濃い男は、左手で腰の鞘を摑んでいる。

提灯を持つ男は苦笑して言った。

「俺を生かしてはおけぬ。そういうことかな」

「そうだ、不義者は成敗される。それが藩の法だ」

「馬鹿な、不義者ではない。不義に名を借りた粛清か」

「問答無用」

眉の濃い男は抜刀して飛びかかった。

市岡と呼ばれた男は、咄嗟に提灯を投げ捨てると、刀を抜きざま襲ってきた剣を撥ね返した。

二人は左右に跳んだ。

激しく燃え落ちる提灯の傍らで、二人は獣のような声を出して激しく撃ち合った。交錯する刃が、薄闇の中で二度、三度と閃光を放った。

二人を照らしているのは月の明かりばかりである。撃ち合っては離れ、離れては撃ち合う。互いに荒い息を吐きながら、二人は再び睨み合った。

眉の濃い男は上段に構え、市岡と呼ばれた男は正眼に構えているが、市岡の袖口が斬られてだらりと垂れているのを、眉の濃い男は見て、ふっと笑った。自信のある笑いだった。

次の瞬間、眉の濃い男は、狼のように肩を膨らませて市岡に飛びかかった。

市岡は逃げなかった。逆に踏み込んで半転しながら男の切っ先を躱すと同時にその剣を撥ね上げて、眉の濃い男の喉を突いていた。

「ぐっ」

眉の濃い男は、喉から苦しげな息を吐き、音を起(た)てて落ちた。

市岡は荒い息を吐きながら落ちた男を見ていたが、やがて、刀を抜きはなったまま近づいて腰を落とし、男の鼻に手を当てた。

息のないのを確かめたのちに立ち上がり、懐紙で刀を拭うと、足早に境内を出ていった。

冷たい月が、男の遺体を照らしている。

と、俄かに社の扉が開いて、白髪頭の老婆が出てきた。

老婆は、おそるおそる遺体に近づくと、男の懐を探って財布を取り出した。

そしてそれを袂に落としたその時だった。

「ここか、斬り合いがあるというのは……」

男の声がして、三人の町人が入ってきた。一人の手に十手(じって)が光っている。

老婆はすばやく、境内の茂みの中に入っていった。

二

「これは十四郎の旦那、その節はどうも……」

　十四郎が橋屋に出向くと、上がり框に腰掛けていた玄蔵が、立ち上がって十四郎に頭を下げた。

　玄蔵は、北町奉行所の大関甚内から手札を預かる岡っ引で、万吉事件で知り合った仲だ。

「何かあったのか」

　十四郎は、玄蔵の話を聞いていたらしいお登勢と七之助に訊ねた。帳場には藤七も座っているから、藤七も玄蔵の話に耳を傾けていたらしい。

「お侍の斬り合いがあったようですよ」

　お登勢が言った。

「ほう、何時のことだ」

「へい。一昨昨日（さきおととい）の夜のことでございやす。場所は両国稲荷境内……」

「なに、両国稲荷だと……」

　それじゃあ、米沢町の裏店とは目と鼻の先、ちょうど十四郎が裏店を訪ねた夜のことらしい。

「で、斬り合いの決着はついたのか」

　やはりつい先頃まで住んでいた所であった事件と聞けば、気持ちも動く。

「いえ、それがですね。あまりに腹に据えかねる結果となりやして、それで愚痴を言うところを探してこちらに参ったようなわけでして、へい」

「まったく、あっしが聞いても腹が立ちます」

　横から七之助が言った。

「驚きやした、七之助さんの親父さんも岡っ引だったというではありやせんか。なんだか仲間が増えたような感じがして、へい、少し気持ちがおさまりやした」

　玄蔵は笑って頭を掻くと、

「お登勢様、つい、長っ尻になっちまいやした。お忙しいところをすいやせん」

　玄蔵は立ち上がった。

「よろしかったら、また愚痴なりなんなり、吐き捨てにいらして下さい」

　お登勢がにこりとして応えると、

「ありがとうございやす。また寄せて頂きやす」

　ぺこりと頭を下げ、そして七之助に、

「おめえさんは幸せものだぜ、こんな美しい女将さんの下で働けてよ……」

　七之助の肩をぽーんと叩くと、

「お登勢様、あっしにもお役に立つことがありやしたら遠慮なく、お申し付け下さいやし。それじゃあ」

玄蔵は気が晴れたのか、軽い足どりで出ていった。

「ずいぶん気に入られたものだな」

十四郎は、お登勢と居間に入ると言った。

「あの人、万吉の様子を心配して見にきてくれたんですが、変わりなく元気な顔を見るとほっとしたのか、つい先日あった殺しの話を始めましてね」

「ふむ」

「なかなか難しいものですね、お侍の事件は……」

「いったい、どういう事件だったのだ」

十四郎は、長火鉢の前に座ると言った。

「それがですね……」

お登勢は、茶器を引き寄せると、白い指で手際よく茶を淹れながら、玄蔵から聞いた話をしてくれた。

それは一昨昨日の夜のことだった。

見回りをしていた玄蔵は、町人二人に呼び止められた。

そして、両国稲荷で斬り合いがあり、一人が死んだらしい。遺体が転がっているなどと告げられて、玄蔵は二人を伴って両国稲荷に入った。

すると、確かに武士一人の死体があった。懐も探られた形跡があり、調べてみると懐中している筈の財布がない。

――物盗り目当ての辻斬りか……。

玄蔵は遺体を米沢町の番屋に運んだ。

ところが、小者に言いつけて同心の大関甚内へ連絡に向かわせたその間に、羽織袴の武士が一人、中間三人に大八車を曳（ひ）かせてやってきたのだ。

「この骸（むくろ）は貰っていくぞ」

武士は名も名乗らず、どこの家中の者とも告げず、玄蔵には有無を言わさず中間に遺体を運ばせて連れ去ったというのである。

しかし玄蔵は、これで黙って引き下がる岡っ引ではない。一行の後を尾（つ）けた。

一行は両国橋を渡り、竪川沿いを東に向かったが、二ツ目之橋（ふたつめのはし）の手前で玄蔵は、ふいに現れた二人の浪人に行く手を阻まれた。

一人はひょうたん顔の若い浪人で、もう一人は背の低い中年の男だった。

「退いてくれ、御用の筋だ」

玄蔵は言ったが、浪人はにやりとして刀の柄（つか）に手を掛けた。

「帰れ、犬め」

「たいした度胸だ、これ以上詮索すると命はないぞ」

浪人二人は、かわるがわる言った。その目は殺気を帯びていた。さすがの玄蔵も後退りした。

玄蔵は、渋々追尾を止めたのである。

その時の悔しさが忘れられず、玄蔵はお登勢たちについこぼしたというのであった。

「中間を三人も連れてきたんだ。おそらく大名家か大身の旗本か……」

「ええ、玄蔵さんもそう言っていましたね。いずれにしても、町奉行所の皆さんへの鼻薬が利いているのか、同心の大関様も手が出せない、そうおっしゃったそうですよ」

お登勢は言って苦笑した。

町奉行所の与力や同心たちは、三百諸侯や旗本から、毎年公然と多額の贈答を受けている。中には扶持まで貰っている与力などもいる。

つまりその代わりに、藩士や家臣が町の中で事件を起こしたり、また事件に巻き込まれた時には、藩の名や家の名が出ぬように処理してほしいということらしい。

「事件は闇の中だな」

十四郎は言った。十四郎も昔は、江戸の藩邸にいた者だ。どこの藩邸も邸内での不祥事を、外にはけっして漏らすまいとするのは同じだ。

玄蔵には同情するが、手の打ちようもなく、諦めるしかないのである。

「執拗に追っかけたりすれば命だってとられるぞ」

「ええ……」

お登勢も相槌を打った。

とそこへ、足音がして、藤七が顔を見せた。

「お寺に駆け込みがあったようです。近藤様と一緒に、いま玄関に……」

金五が橘屋に連れてきたのは、なんと武家の妻女だった。

色の白い細面の女だったが、驚いたことに腹が大きかった。身重であるのは間違いなかった。

お登勢は、帳場の裏の小部屋に入ってきた妻女を見て、すぐに事情を察し、熱い湯をすすめた。お登勢には身重でなぜ駆け込みをしてきたのかという困惑が見える。

　お登勢は労（いたわ）りの目で尋ねた。

「懐妊されているのですね」

　女は、小さく「はい」と言ってうつむいた。

「卯月（うづき）が産み月だというから、もうまもなくだな」

　横から金五が言った。

　しかし、産み月が近いにしては腹が小さいなとお登勢は思った。子供を産んだ経験はないが、これまで目にしてきた妊婦の腹と比べると小さいと感じたのだ。

「市岡美奈（みな）と申します」

　女は手をついて名乗った。

「美奈殿、こちらが宿の女将の、お登勢殿だ。そしてこの男は塙十四郎という。寺宿の仕事を手伝ってくれている者だ。そうだ、忘れてはいかんな。一刀流の道場主でもある」

　金五が二人を紹介した。

「しかし、そのようなお体で駆け込みとは……よほどの理由がおありなのですね」

お登勢は美奈が白湯に口をつけたところで聞いた。

「はい」

美奈は、はっきりと言った。だがその目に戸惑いのあるのを、お登勢は見逃さなかった。

「腹に据えかねることが重なりまして……」

「亭主がすぐに手を上げるのだそうだ。おまけに酒好きで、女を連れて帰ってくるらしい」

金五が口添えし、そうだったなと美奈に念を押すと、美奈は頷いた。

「たとえそんな亭主でも武家の妻ともなれば、恥を世間に漏らしてはならぬとひたすら忍の一字……それをこうして駆け込んだのはよほどのことだ……」

金五が言った。金五は美奈に同情の念を抱いているようだ。

美奈は目を落としてじっと聞いている。

しばしの沈黙のあと、お登勢は聞いた。

「お屋敷に女の人を連れてくるのですか」

「いえ、町屋に暮らしております。神田の相生町に一軒家を借りていますから……」

「美奈殿の亭主は、下谷の三味線堀近くにある旗本板倉家のご用人をしておって、市岡圭之助という御仁だそうだ。通常、用人ともなれば屋敷内に住んでおるものだが、渡り用人だそうだから屋敷の外に暮らしている。だから酔っぱらって女を連れ帰ってくることができるのだな、うん」

金五がまた付け加える。

「では、ご家族は……ご亭主を戒めてくれる方はいらっしゃらないのですね」

お登勢は順々に尋ねていく。

「はい」

「女の人を連れ帰ってきて……それで？」

「……」

「泊まっていくそうだ。女がな……」

美奈は困ったような顔をした。

金五が代弁した。

「それで……美奈様は、ご主人様におっしゃったんですね。離縁したいと……」

「はい。でも、それはならぬと……別れはしないと……女の一人や二人のことで離縁してほしいなどと笑止千万、それでも武士の妻かと……」

「ふむ……しかし信じがたい話だな。ご亭主はわが子が生まれるのを心待ちにしているのではないのか」

十四郎はあきれ顔で首を傾げた。

「ええ、私もそう思いたいのですが……」

美奈は突然目頭を押さえた。よほど思い詰めているらしい。

十四郎は、お登勢を見た。だがお登勢はそんな美奈の様子をじっと見守っている。

すると、横からまた金五が口添えした。

「腹に子がいる時に亭主に女ができるという話はこれまでにもあった。俺が慶光寺に来てまもない頃だったが、その時には亭主に謝らせて落着しておる。しかし美奈殿は決心が固い」

「でも、こんなことを申しては美奈様のお気に召さないかもしれませんが、私は今お聞きしたような話だけなら、別れないほうがよいかと思います。その体です。身二つになって暮らしていくのは大変でしょう。のちのちのことを考えると離縁が良い選択だとは思えません。もう一度ご主人様と話し合ってはいかがですか。そういうことなら私たちも同席させていただきます」

「お登勢、亭主は取り合わんのだ。何を言ってもな」

「別れないとおっしゃるからには、やはりまだ愛情があるのではありませんか」

「いや、それがだな」

　また金五が口添えした。

「亭主は、美奈殿が嫁入った時に持参した金を返すのが嫌で別れないと言っているらしいのだ。美奈殿の持参金は二十両、既に糊口をしのぐために使い果たした金だが、離縁すれば、その金を美奈殿に渡さねばならない。それが嫌だというのが本音のようだ」

「近藤様、私は美奈様にお聞きしているのです」

　お登勢はとうとう金五を睨んだ。

「いや、すまぬ。わが女房も今は身重の身、美奈殿と女房の姿が重なって何とか力になってやりたいと、つい……」

　金五は苦笑して頭を掻いた。

「でも、どうなんでしょうか。いま二十両のお金はない。渡してやりたくても渡すことができない。そういうことだってあります。失礼なことをお聞きしますが、二十両の蓄えがあるのでしょうか」

「いいえ、ございません。それに私はもうお金のことはどうでもいいと思っています。別れてくれれば、私、どんな仕事でもして、子供を育てます」

美奈は言った。

「気持ちは分かりますが、何か手に職をお持ちでございますか」

「……」

「それもなくて、それでは母親として無責任だと思いませんか」

お登勢の語気は厳しかった。

「いっときの腹立ちに無鉄砲な行動を起こすなんて、お武家の御妻女としてはいかがなものでございましょうか。ご亭主の酒や女といっても、それは大概いっときのこと、姑や小姑に虐められているのとはわけが違います。もう一度ご夫婦で話し合ってからいらして下さい。先ほども申しましたが、話し合いをする場に同席することは、やぶさかではありません」

「お登勢……」

金五の目は、もう少し優しくしてやってくれと言わんばかりだが、お登勢はきっぱりと告げた。

「美奈様お一人のことならまだしも、お腹にお子がいるのです。母親となる覚悟をお持ちいただきたいのです」

するとと突然美奈が手をついた。

「お願いでございます。ここに置いて下さいませ。ここでしばらく考えさせて下さいませ。この御府内には他に頼るところはございません」

美奈は帯の間から慌てて財布を取り出した。そして震える手で二両を置いた。

「ご迷惑は重々……身二つになればここを出ていきます。それまでお願い致します」

必死の顔でお登勢を見た。

三

「待て！……お亀婆、待つんだ！」

両国稲荷の境内を駆け出てきた玄蔵は叫んだ。

その視線の先に、まるで山姥のように背を丸めて両国橋に向かって走る年寄りが見える。その名はお亀、近頃この稲荷に棲み着いていると噂のある婆さんだ。

「待て、お亀婆！」

玄蔵は婆さんの後を追った。

だが、婆さんは立ち止まるどころか、後ろも振り向かずに突っ走る。白髪頭で黒い顔に髪を垂らし、体は痩せている。見かけはしょぼくれた年寄りだが、走っていくのを見ていると、どこにそんな馬力があるのかと思われる。

追っかけていく玄蔵の方が、もう息切れしていた。ぜいぜい言いながら必死で追う玄蔵を振り切るように、婆さんは人の群れの中を、すいすいと縫って走る。

「あの婆……」

憎たらしそうに口走ると、とうとう玄蔵は往来の人々に助けを求めた。

「誰か！……その婆さんを止めてくれ。婆さんを捕まえてくれ！」

走りながら叫ぶ。だが、息切れして足ももつれそうだ。

——ああ、もう駄目か……。

諦めの境地に入った時、橋の中程で、わっと多くの人の声が上がったと思ったら、

「放せ！……放しやがれ！」

婆さんの叫び声が聞こえてきた。

——しめた、誰か捕まえてくれたんだ。

してやったりと玄蔵が橋の上に駆け上がると、

「十四郎の旦那……」

なんと、お亀婆さんが十四郎の手に捕まっているではないか。

「なんだ玄蔵ではないか」

十四郎も驚いて、お亀婆さんと玄蔵を交互に見た。

「足が速いのなんの。捕まえて下さいやして助かりました」

玄蔵がちょこんと頭を下げると、

「捕まえた……すると、この婆さん」

何か悪さでもしたのかと十四郎が婆さんの顔を見ると、

「ふん、捕まえただって……冗談じゃねえや、あたしが、ここで転んで、それで旦那が助け起こしてくれたんだ」

お亀婆は、ちらと十四郎を見てから、玄蔵に噛みついた。

なるほど、そう言われればと玄蔵は納得がいった。

なにしろ婆さんの身なりは物乞いに等しい。着物の粗末な者はいくらでもいるが、垢でてかてかだ。婆さんが橋の上で転んだといって手を貸す者はそうはいない。

「ご託はいいんだ、婆さん、聞きたいことがある。ここではなんだ、稲荷まで戻ろう」

玄蔵は垢だらけの婆さんの手首を摑んだ。

「放せ！」

婆さんが玄蔵に抗うのを見て、

「玄蔵、乱暴はよせ。いったい、この婆さんがどうしたというのだ」

十四郎は玄蔵の手を制して言った。

「聞いてくださいまし、旦那」


玄蔵はお亀婆さんを両国稲荷境内にある腰掛けに座らせると、十四郎に説明した。

五日前、番屋に運んだ遺体を横取りされた玄蔵は、せめてあの男たちがどこの者なのか、その正体だけでも知りたいと考えた。

そこで玄蔵は、毎日両国稲荷に足を運んでいたのである。

近頃両国稲荷の社の中に、得体のしれない婆さんが棲み着いている。婆さんの名はお亀という。その婆さんに会うためだった。

この婆さん、なにしろ一風変わっていて、金に困った町人が稲荷にやってきて

柏手を打ったのち、

「お稲荷様、お金をお貸し下さいませ」

そう祈ると、婆さんがひょこひょこと社から出てきて、その掌に小金を載せてくれるのだという。

貸してくれるのは一朱までの小銭だが、それでも金に困った人たちは、手軽に貸してもらえる婆さんを頼ってやってくる。

ただし、返済が滞ると大変な目に遭うなどという噂もあるのだが、巷のそんな噂を聞きつけて、玄蔵も一度婆さんの正体を問い質しておかねばと思っていたところだったのだ。

そのお亀の存在を、玄蔵はふっと思い出したのだった。

――ひょっとして、あの婆さんが何か見ていたかもしれない。

稲荷に通い詰めていた玄蔵は、今日とうとう婆さんを見付けたのだ。

その時婆さんは、稲荷社の階段に腰掛けて、餅菓子を無心に喰らっていた。

ところが玄蔵が近づいて、

「婆さん、ちょいと聞きたいことがある」

声を掛けたその途端に、婆さんは白いざんばら髪のむこうから、じろりと睨んだのだ……まるで敵でも見るような目で。

「婆さんは五日前にここで起きた斬り合いを見たんじゃないか」

玄蔵はあてずっぽうのからかい半分で言った。すると、

「斬り合いだって……ふん、知るもんか。耳も遠いし、目も霞んでるんだ」

お亀婆さんはつっかかるように言い放つと、次の瞬間、境内を走り出たというのであった。

「旦那、それであっしは、後を追っかけたというわけでして……」

玄蔵は言った。するとすかさず、

「何にも知らない年寄りを追っかけるなんて、とんでもないよ！」

婆さんが、嚙みついた。

「なるほど、耳も遠いし、目も霞んでいるのか……もっともなことだ。しかしだな婆さん、何にも知らない婆さんが、武士が持つような財布を持っているのはどういうわけだ……」

十四郎は、にこにこしながら婆さんの懐に覗いている男物の立派な財布を指した。

「こ、これは」

婆さんは、ふいを喰らったような顔で十四郎を見た。

「言わんこっちゃねえ」

すかさず玄蔵が、その財布を取り上げる。

「ああ……」

婆さんは声を上げたが後の祭り。

玄蔵は急いで中身を検めた。逆さにしても金はなかったが、何かが足下にこぼれ落ちた。

玄蔵は、怪訝な顔で拾い上げた。

「十四郎の旦那……これは御紋ですかね」

首を傾げて、拾い上げた薄い板を十四郎に渡した。

片方が一寸半、もう一方が一寸ほどの長方形の板きれに、紋の焼きが入っている。

十四郎は手に取って、呟いた。

「唐花紋（からはなもん）か……」

「唐花紋……あっしにゃあさっぱり分からねえが、旦那、この札はどこのどなたの御紋なんです?」

「いや、そこまでは俺にも分からぬが、玄蔵、これはどこかの藩邸に出入りする鑑札だな。藩士や出入りの業者に渡しているものだ」

「鑑札か……」

「そうだ、これがなくては藩邸に出入りはできぬ。門番だって出入りの者の顔をすべて覚えているわけではないからな。俺も昔さる藩邸にいた。覚えがあるのだ」

「すると、あの殺された武士も、死体を引き取っていった武士も、この御紋の御家中の者だったということですね」

「おそらくな……玄蔵、悪いことは言わぬ。もう諦めるしかあるまい。こういう紋が出てきた以上、お前が首を突っ込めるところではなさそうだ」

「ですが旦那、あっしは悔しいんですよ。たとえ引っ張れなくても、せめてどういう事件だったのかぐらいは知りてえですよ、それが岡っ引というものです」

「確かにな、気持ちは分かるが……」

十四郎は、ちらと婆さんに視線を走らせた。すると婆さんは、十四郎から目を逸らして亀のように首を引っ込めると、

「くわばらくわばら……」

小さな声で呟いたのだ。

「何がくわばらくわばらだ。心の臓に毛が生えているくせに。婆さん、お前が金をくすねたのは間違いないんだ。一緒に来てもらうぞ」

婆さんの腕を取った。

「まあ待て、玄蔵」

十四郎は玄蔵を制した。そしてお亀婆さんの目をとらえて尋ねた。

「婆さん、あんたが死体から財布を抜き取ったのかどうかは別にして、この財布が他人のものだということは明白だ。いくら知りませんと声を荒らげたって通る話じゃない。盗人だと引っ張られても仕方がない。違うか……」

「旦那、勘弁して下さいよ、実はあたしには長屋に帰れば孫が三人おりましてね、口を開けて待ってるんですよ。ええ、娘夫婦の子供です。二人とも流行病で亡くなりまして、このおいぼれの肩に孫たちの命がかかっているんです。どうか、番屋に引っ張るのだけは勘弁して下さい。第一ですよ、この財布に入っていた金子は、たったの金一朱と銭が十枚ほどだったんですから」

婆さんは手を合わせた。婆さんの話の中身が真実かどうかは分からないが、番屋は嫌いらしい。

「一朱と銭十枚か……婆さん、それをこちらが信じるかどうかは、婆さん次第だ」

「えっ」

きょとんと見返した婆さんに、十四郎は言った。

「情状酌量って言葉がある。お裁きにも情けはあるのだ。婆さんが、こちらの親分に、正直に、あの斬り合いの様子を話してくれたら、番屋行きなんてことはしない筈だ、そうだな、玄蔵」

十四郎は玄蔵に目配せをした。

「へい、もちろんでさ。婆さんは財布は盗んだんじゃねえ、拾ったんだ。金は入ってなかったが、いい財布だから自分のものにした、そういうことにしてやってもいいぜ、婆さん」

玄蔵の言葉を聞いて、婆さんは十四郎の顔をじっと見ていたが、まもなくこくんと頷いた。

「この汚い婆に手を貸してくれたんは、あの大勢の中で旦那一人だけだった。旦那に言われちゃあ、仕方がねえ」

これは役に立つものかどうか分からない話だが、殺された方の武士は何か言っていたな、婆さんはそう言ったのだ。

「何と言っていたんだ……」

玄蔵がせっつくように聞く。

「それが、この年だからねえ。ここまで出てきているんだが……」

喉を指しながら婆さんは言った。これは嘘ではないらしい。思い出せないのか苦しげな顔をした。

「ちぇ、いい加減なことを言うもんだぜ」

玄蔵があきれ顔で言ったその時、

「思い出した！　殺された男は相手を不義者とか言っていたよ」

「不義者……」

十四郎は首を捻った。

ただ不義者といっても、主家に対しての不義なのか、或いは男女の密通をいう不義なのか、不義者という言葉だけでは見当もつかぬ。

ただ言えることは、殺された男は「不義者」と相手をなじったあげく成敗しようとして斬りかかったが、逆に返り討ちにされたということだ。

「婆さん、殺した方の男の顔は覚えているかい」

玄蔵が訊いた。

「会えば分かるよ、そこまでまだぼけちゃあいないさ、馬鹿にしないでおくれ……」

お亀婆は胸を張ってみせたのである。

十四郎が美奈の亭主、市岡圭之助が用人を務める板倉家を訪ねるために三味線堀のほとりに立った時、堀の中には武家屋敷の影が黒々と伸びていた。

——ずいぶんと手をとられたものだな。

玄蔵とお亀婆さんに会わなければ、こんな時刻にはならなかった。

十四郎は一帯を見渡して、左京右京太夫(だゆう)の屋敷前に設置されている辻番所に入った。

辻番所というのは、武家地にあって、不審な者を取り締まり、または捕まえるなどして武家地の治安を守るために設置されたものだが、ここでは近隣の武家屋敷一軒一軒の主の名も把握している。

十四郎は、ここで板倉家の屋敷を聞いたのだ。

辻番所の説明では、板倉采女助(うねめのすけ)の屋敷は、三味線堀を右手に見て、北に道を半町ほど歩いたところにあった。

　屋敷の前に立って眺めたところ、門構えからして家禄は一千石ほどのものであろうか、外から見た限り屋敷は樹木のむこうに甍(いらか)を少し見せているだけで、静かに日の暮れを待っているように見えた。

「用人市岡殿に取り次いでもらいたい。拙者は慶光寺の寺宿橘屋の者だ」

　十四郎が門番に告げると、まもなく若党(わかとう)が出てきて言った。

「市岡様は昨日お暇を願い出まして、もう当家にはおりませぬ」

「暇をもらった……何か失態でもあったのか」

「いえ、そういう話は聞いておりません。突然のことで、殿様も困っておられましたので」

「そなたはわけを知らぬか、知っていたら教えてくれ」

「私など知る由もございません。市岡様は殿様の信頼も厚く、私たちのような者にも労を惜しまず気配りのできるお方でした。皆とまどっております」

「そうか……いや、手間をとらせた」

　せっかくの訪問も空振りで、十四郎は困惑して玄関を背にしたが、思い出して振り返り、奥に入ろうとしていた若党を呼び止めて聞いた。

「ひとつだけお聞きしたい。市岡殿の酒好きはどの程度だった……知らぬか」

「酒ですか？」

若党は何を聞くのかと怪訝な顔をしている。

「そうだ、普段の勤めは謹厳実直でも、意外に酒癖が悪い人もいてな」

「………」

この男、なんの話をするのかと、若党の顔はとたんに用心深くなった。

「そうか、知らぬか。なに、俺は市岡殿とはつい最近知り合ったものでな、今度会ったら一献などと話しておったのだ。俺も酒癖が悪く、酔うと女がなぜか恋しくなる質でな、それで市岡殿はどんなものかと聞いたまでだ。酒癖が悪い二人が一緒に飲んだら始末が悪い……」

苦しい言い回しをして、くっくっと笑って見せたが、若党は顔色を変えた。

「市岡様を、そんなお人だと侮るのは許せません」

敵意の目で十四郎を見た。

「さようか、いや、すまなかった」

十四郎は、頭を下げて屋敷を後にした。

しかし市岡という御仁は、なぜ勤めを辞したのか……まさか、女房がいなくなったことを気に病み、それで勤めを放棄したというのだろうか。

いや、いくらなんでも、そんなことがある筈がない。いっとき落ち込み、働く意欲を失う亭主は見てきたが、生活の基盤を放り出すというのは、どう考えても愚かとしかいいようがない。

若党から話を聞いた限りでは、市岡はそんな愚かな人物ではない。勤めを辞めたのは別の理由があったからに違いない。

しかも十四郎が意外に思ったのは、若党とのやりとりで感じた市岡という人物の印象が、美奈の話から受けた亭主の印象とは、ずいぶんかけ離れていたことだ。

夕暮れの町を歩きながら、十四郎は美奈の訴えをなぞっていたが、首を傾げて立ち止まった。

――美奈の話は、ひょっとして作りごとか……。

と思ったのだ。

そうだとすると、作り話までして慶光寺に駆け込んできた理由は何だ。

十四郎は、美奈が駆け込んできた時から、どこかに不審を抱いていた。

なにしろ、武家の妻女の駆け込みは滅多にない。

武家の場合、もめごとや夫婦の争いごとなど家の恥だとして、外に漏れないように内々で処理するものだ。

夫婦仲が悪く離縁となったとしても、家同士で話し合い、決着をつけるのが普通だった。

市岡美奈の場合は、聞けば夫の身分は渡り用人だということだったので、それなら駆け込みもあるだろうと考えたのだが、市岡夫婦は、離縁は口実で、何かのっぴきならない事態に身を置いているのかもしれない。

美奈が離縁を望む理由を述べている顔に、夫に対する怒りや憎しみが希薄ではなかったか。夫との仲に苦しんできた女たちの、表情から受ける底知れない暗さや哀しさも、美奈の表情からは受け取ることができなかった。

美奈が夫への怒りを並べる時の言葉には、胸の内から絞り出すような切羽詰まったものは受け取れなかった。むしろ言葉が上滑りしているようにさえ十四郎は感じていた。

金五が妻の千草を労るように美奈の代弁をしたために、美奈の心をつかみ取るのは難しかったが、こうして今歩きながらじっくりと考えてみると、やはりどこかに不自然さがあったように思われるのだった。

市岡の家に向かった藤七の報告を待たねばならぬが、これはひょっとして、美奈の偽装駆け込みかもしれぬ……十四郎はそう思いはじめていた。

四

市岡圭之助の住む家は、相生町の横町に数軒並んである町屋のひとつだった。

町屋はいずれも同じような造りである。人の背丈ほどの漆塗りの板塀に囲まれた百坪ほどの家。格子戸のある入り口が門になっていて、佇(たたず)まいはひっそりとしていた。

道を挟んだ向かい側には小売りの店が並んでいる。干物屋、乾物屋、八百屋、小間物屋と小さな店が軒を連ねていた。

間口一間半ほどの店ばかりだが、辺りに住む者にしてみれば、必要な物がすぐに手に入る便利な横町を形成していた。

藤七と七之助は、横町に入ってすぐの、小間物屋で市岡の家を聞いた。

「ああ、市岡様なら、三軒むこうだよ。ほら、いまお武家がやってきただろ、あの家です」

主は前垂れで手を拭きながら、戸口に出てきて教えてくれた。

「なるほど……すると、誰なんですかね、今やってきたあのお武家は……」

七之助は、市岡の家の前で中の様子を窺っている武士たちを顎で差した。

羽織袴の武士が一人、そして浪人が二人、格子戸から中の庭を覗いている。

「さあ……昨日も来ていましたね、あのお侍は……」

藤七の肩越しに、店の主はそう言った。

「市岡様は留守なんだな……」

七之助は主に訊いた。

「そうですね、昨日から姿を見ていないですね」

「まさか引っ越したということはないだろうな」

「さあ……大家さんに訊けば分かりますよ。この一帯は、日本橋の呉服問屋『近江屋』さんの持ち物ですが、大家は善兵衛という人です。今日は確か、番屋に詰めていると思います」

主の話を聞いているうちに、市岡の家の前の武士たちは諦めたのか、背の低い浪人一人を残して、武士ともう一人の浪人は、藤七がいる小間物屋の方に歩いてきた。

藤七と七之助は、品物を見ているふりをして二人が店の前を過ぎるのを見送った。

　武士は頬骨の立った色の黒い男、浪人はひょうたんのように長い顔で、いかにも食い詰め浪人といった感じである。

「七之助」

　藤七が声を掛けた。

　七之助は小さく頷くと、すいと小間物屋を出て、二人の後を追っていった。

「ひとつ頼みたいことがあるのだが」

　藤七は七之助を見送ると、店の主に自分は深川の橘屋の番頭で藤七という者だが、すぐに若い衆をここに寄越すから、その時には、この店から市岡家の様子を見張らせてほしいと頼んだ。もちろん金一分の礼を包むのは忘れない。

「承知いたしました。橘屋といえば、あたしも耳にしたことがあります。縁切り寺のお手伝いをしている御用宿だと……お上の息のかかったお宿だ。任せて下さい」

　主は快く引き受けてくれたのだった。しかも主は、万が一、宿の若い衆が来るまでに市岡様が戻りましたら、私が使いをやりましょう、などと言ってくれたのである。

藤七は礼を述べると、すぐに表通りにある番屋に向かった。

番屋は今日は平穏そのものの様子だった。訪いを入れて土間に踏み込むと、ぷんと餅を焼く香ばしい香りが漂っている。

奥の座敷で、町の当番たちが、火鉢に網を載せ、餅を焼いて食べているところだった。

「私が善兵衛ですが、市岡様が引っ越しするなど知りませんな」

善兵衛は、もぐもぐしながらそう言うと、ごっくんと飲み込んでから藤七に尋ねてきた。

「しかし橋屋さんといえば、深川の縁切りの宿ではありませんか」

じろりと藤七を見る。

「はい、おっしゃる通りですが、うちの女将さんと市岡様のお内儀とはお知り合いで、それで訪ねて参ったのです」

「ほう、お知り合いだったのですか。あたしはまた、縁切りの話かと思いまして驚きました」

「いえいえ、そういうわけでは」

「そうでしょう、そうでしょう。あれほど仲のよろしいご夫婦はございませんからね」

「ご夫婦のことは、よくご存じで……」

「当たり前です。うちの店子ですからね。それに、市岡様のことは、近江屋さんから、よく面倒を見てほしいと頼まれているのですから」

「近江屋さんが……」

「はい。ご存じかと思いますが、あの家数軒と、向かい側に出店している店も全て近江屋さんの持ち物なんです」

「……」

「その近江屋さんが市岡様の身元引受人となって、板倉様のお屋敷に市岡様を紹介なさり、うちの店子としてお連れになったのです。なんでも昔、近江屋さんが市岡様にお世話になったとかおっしゃっていましてね」

「ほう、それは初耳です。ところで、市岡様は昨日からお留守のようですが、どちらにいらしたのか、善兵衛さんは心当たりありませんか」

「知りません。それは私も初耳ですが、板倉様のお屋敷にお泊まりになっているのかもしれません。板倉様のお屋敷を訪ねてみて下さい」

善兵衛は言った。

市岡圭之助の家を窺っていた武士が、越前国山岡藩家中の者だったと十四郎が知ったのは、翌日橘屋に出向いた時だった。

お登勢の部屋には、金五と藤七が既に来ていた。

「七之助が追尾した武士は、門番に札を提示し、なんなく藩邸内に入ったということですから、山岡藩家中の者に間違いないと思います」

藤七は告げ、市岡圭之助についての自身の調べも報告した。

「越前の山岡藩といえば、築地川軽子橋の近くか……」

十四郎が言った。

「いや、そっちは上屋敷だろう。七之助が尾けたのは、本所の南割下水の中屋敷の方だ。家紋は唐花だったかな」

金五が応えた。

「何だと……金五、今、おぬし何と言った……家紋が唐花と言わなかったか」

「それがどうした」

「いや、実はな……」

十四郎は昨日その家紋を見たところだと、岡っ引の玄蔵と出会い、お亀婆という老女が見たという斬り合い事件の話をした。

「妙だな……両国稲荷の斬り合いも山岡藩の者が関わっているのか」

金五は腕を組んで首を傾げた。

「それにしても、十四郎様や藤七の話ですと、美奈様の旦那様は、美奈様の話とはずいぶん違いますね」

皆の話を聞いていたお登勢が言った。

「そうなんだ、俺も調べているうちに気付いたのだが、美奈殿の駆け込みは離縁に名を借りた偽装だったのじゃないかと……」

「縁切りのための駆け込みじゃないと……」

お登勢はあまりのことに呆然として呟いた。

「そういうことだ」

十四郎が頷くと、

「おたかさん！」

お登勢は、敷居際まで立っていって、おたかを呼んだ。

「美奈様を、ここに呼んでください」

静かだが、凛（りん）とした口調だった。

美奈が部屋に現れたのは、まもなくのことだった。

薄く白粉をはたき紅も控えめに引いた顔は、近く母となる美奈の、不安と喜びが交錯しているように見えた。

だが美奈は部屋に入った途端、身を硬くした。お登勢をはじめ、集まっている皆の中に漂う張りつめた空気を察知したようだった。

「お体は大丈夫ですか」

お登勢はまずそう聞いた。

「はい、お陰様で昨夜も熟睡いたしました」

「それは良かったこと……本来ならお腹の大きい方に厳しいことを申し上げるのは控えるのですが、そうも言っておれなくなりました」

「……」

咄嗟に美奈の視線が泳ぐのが分かった。

「ここは寺宿です。そしてあなたさまは離縁を望んで駆け込まれました。お聞きしなければならないこと、また、質さなければならないことが出てきました」

お登勢は、うつむき加減の美奈に穏やかに言った。だが、ごまかしはきかない、そんな確固としたものが、美奈を見る目にはある。

「実は昨日、あなたさまのご主人に会いに行ったのですが、既に板倉家は辞め、家の方も昨日からお留守のようですが、心当たりはございませんか」

「夫が板倉家を辞めた……」

美奈は意外だったのか、顔を上げると首を横に振った。

「美奈様、あなたのおっしゃった離縁を望む理由の数々、あの話は本当だったのですか」

「……」

美奈はまた視線を畳に落とした。

「しかもご主人様は、越前山岡藩の者と何かかかわりがあり、見張られているようですよ。これ全て説明していただけますか。そうでなければ、こちらとしては、あなたを駆け込み人として受け入れるわけにはまいりません。受け入れたからには、こちらはあなたの身に、なにごとからも危害が及ばないよう心配りをしなければなりません。また、ご主人ともお会いして話を詰めなくてはなりません。全て嘘偽りがないことが前提です。初めから嘘偽りがあるということなら、駆け込み人としての扱いはできません。ただの、宿泊人ということならば話は別ですが……」

「……」

「美奈様」

「お登勢……」

金五が言葉を挟む。とりなしの声だった。

だがお登勢は、表情を変えなかった。

「本当のことをお話しいただかないことには、一歩も先には進みません。近藤様がいちばんご存じではないですか」

「しかし、このひとは、普通の体じゃないんだ」

「だからこそ申しているのです。正直にお話しいただければ、この橘屋で協力できることはさせていただきます。乗りかかった船ですからね」

「お登勢……」

金五は苦笑して手を上げた。お登勢の心配りには脱帽だ……金五の目はそう言っていた。

その時だった、美奈が手をついた。

「申し訳ございません」

お登勢も十四郎も、金五も藤七も、互いに顔を見合わせた。

美奈は、手をついたまま、震える声で言った。

「こちらに参りましたのは、身の危険を感じることがございまして、その手から逃れるためのものでした。私には、他に身を寄せるところもございません。この子を安全に産むために、夫と相談の上で参りました」

「なんとな……」

金五があきれ顔で美奈を見た。妊婦の美奈に同情を寄せていた分、裏切られた気分になったのかもしれない。

十四郎たちも唖然として美奈を見た。

「ただ……」

美奈は、皆の強い不審を撥ね返すように顔を上げてお登勢を見た。

「私が夫と別れたいと思っていることに変わりはございません。ずっと考えていたことなんです」

お登勢は溜め息を吐いた。そして静かに言った。

「どういうことなんでしょうか。駆け込みはご主人と相談の上なさったこと、だけども別れたいという気持ちに偽りはないと……どうも私にはまだよく呑み込めません。もう少し分かるように背後の事情もお話し下さい」

美奈は頷いた。畳についていた手を膝に戻すと、

「私も夫も、越前の山岡藩の者でございます……」

美奈はそう切り出した。お登勢たちの上に、新たな重い空気がのしかかった。

美奈は山岡藩五万石の納戸方支配家禄五十五石、加瀬喜八郎の二女だった。

市岡圭之助は、山岡藩馬廻り役八十五石、父親が先年亡くなり家禄を継いだところだった。

二人が住んでいた屋敷は、城の西側に位置する場所にあった。家禄が五十石から百石までの者が住んでいた所で、半刻（一時間）も歩けば海岸に出るために、子供たちは暖かくなるのを待って浜によく遊びに行った。

美奈が圭之助と知り合ったのも、この日本海を眺める白い砂の浜だった。

踏みしめて砂浜を歩くと、きゅっ、きゅっ、と鳴く。掌に掬うと、細かい白い砂がさらさらと落ちるのだが、それが天気の良い日は星のように光って見えた。

――幸せを鳴いて呼ぶ――。

砂はそう呼ばれていた。

少年圭之助は、美奈たち少女の憧れの人だったが、男女が話すことはなく、圭之助と美奈は言葉を交わしたこともなかった。

　だが美奈は、ある日友人にも内緒で、加賀友禅の端切れで掌ほどの袋を縫い、それに鳴き砂を入れて圭之助を待ち伏せして渡した。

　圭之助は驚いた様子だったが、じっと美奈を見詰めて、

「ありがとう」

と言ってくれたのである。美奈が十四歳、圭之助が十六歳だった。

　それから八年、二人は会うことはなかった。二人とも浜に遊びに行く年頃を過ぎていたこともあるが、それぞれの環境が会う機会をなくしていた。

　美奈は、勘定組平役の阿久津欣弥と婚約していた。気の進まない婚約だったが、親が決めた縁談だった。逆らうことなどできる筈がない。

　そして今から一年前の、嫁入りまであとひと月という頃のこと――。

　圭之助が突然屋敷を訪ねてきた。門前で美奈に会いたいと下男に告げ、美奈を呼び出したのである。

　美奈が慌てて門まで出ていくと、旅姿をした圭之助が思いつめた顔をして立っていた。

「藩を出奔する。せめて美奈殿の顔をひと目見てから……そう思って参った」

　圭之助は、その時そう言ったのである。

驚愕した美奈が、返事をするまもなく、

「阿久津と祝言を挙げるらしいな。幸せを祈っている」

圭之助はそう言い残すと、足早に去ったのである。

美奈は、そこまで話すと、声を詰まらせた。潤んだ目でお登勢を見た。

「鳴き砂をお渡ししたあの日以来、ずっとあった圭之助様への想いが、この時一度に溢れ出たように思いました……」

お登勢は頷いて美奈を見守った。美奈は話を続けた。

ただ何故、圭之助が出奔したのかと美奈は胸を痛めていたが、まもなく阿久津欣弥がやってきて明らかになった。

「奴は勘定組頭の井戸金兵衛殿の屋敷に押し入り、井戸様に危害を加えたんだ。馬鹿な奴よ。あれほど馬鹿だったとは……」

阿久津は吐き捨てるように言った。

阿久津欣弥は、市岡圭之助ともう一人、金谷甲之進という男とは道場仲間だったと美奈は聞いていたが、それぞれ家督を継いで疎遠になったとはいえ、阿久津の言葉の端々には圭之助に対する友情など微塵も感じられなかった。

――この人とは一緒になれない。

美奈がそう思うようになったのは、まもなくだった。

両親に阿久津に嫁ぐのなら自害するとまで思い詰めた気持ちを打ち明けて、重い気の病を発症したとして縁談を断った。

ところが阿久津は承知せず、両親が揃って同役の法事に出向いたその折に、屋敷に忍び入り、美奈を力ずくで押し倒したのだった。

「お前は俺の妻だ。誰にも渡さぬ」

阿久津はそう言ったのだ。

美奈は自害しようと考えたが、

――ひと目、市岡様にお会いしたい……。

圭之助が越前を去ってから三月目に、美奈は両親に遺言を書いて藩を出た。

美奈の父が、山岡藩出入りの呉服問屋『近江屋』と懇意だったことから、圭之助が江戸に居るのは知っていた。美奈は近江屋に懇願して、圭之助のもとに走ったのである。

それから八か月、圭之助は自分に追っ手が掛けられていることを知り、美奈に身を隠すよう勧めたが、それが橘屋に駆け込むことだったというのである。

「もしや市岡殿は、両国稲荷で斬り合った一人ではないのか」

十四郎は、美奈の話が終わるのを待って聞いた。

「それは……詳しいことは存じませんが、あやうく命をとられるところだったと聞きました。私は最初、こちらに駆け込むつもりはございませんでした。夫と一緒に、斬られるなら一緒にと……でも、かえってそれが夫の足を引っ張ることになると存じまして……」

「美奈様……あなたの事情は分かりました。ただ、市岡様が追われる理由がいまひとつ分かりません。もう少し詳しくお話し下さい」

「これ以上は……」

美奈は首を横に振った。

「そう……あなたには全てを話していないのですね……そういうことですね」

「……」

美奈の顔には戸惑いが見えた。

「まあいいでしょう。それは市岡様からお聞きしましょう。もうひとつ、先ほど、離縁を望んでいるとおっしゃった理由は、阿久津という方とのことですね」

お登勢は、見通すような目で美奈を見た。

美奈は、屈辱に顔を歪ませて頷いた。

「夫は、自分の子だと思っています。でも私には自信がありません」

美奈は両手で顔を覆った。

五

金五は機嫌が悪かった。

「これは駆け込みか……少し違うのではないか……俺たちがかかわる話ではない……俺はもう知らんぞ、お前たちももう放っておくことだな」

飲み干した銚子を上げて、

「お登勢、おかわりをくれ」

お登勢の前に突き出した。

お登勢は部屋の戸を開けると、階下に声を掛けた。

「お酒のおかわりを……」

階下にはまだ客の賑やかな声が飛び交っている。

三ツ屋は先年から料理茶屋になって一層客は増えたようだった。

金五だけではなく、お登勢も、十四郎も、美奈の告白には驚かされた。

金五が言うように、これはもはやお役目の域を越えている。ただ、懐に飛び込んできた窮鳥を見放すことができるのか……お登勢にはできなかった。十四郎も金五も、腹の中は同じ思いに違いない。

そうは思うものの、今後どう対処していくのか意思の疎通が必要だった。

お登勢が三ツ屋に二人を誘ったのは、橋屋では美奈が泊まっていて、相談するには不都合だと思ったからだ。

衝撃を受けたのはお登勢たちばかりではない。美奈自身も、夫圭之助の身を案ずると同時に、自身の腹の子にかかわる大きな不安を抱えている。

同じ女として、金五のように騙されたと憤り、すぐに美奈から手を引くなど、とてもできないと思っている。

「十四郎様は、いかがお考えですか」

お登勢は、十四郎に酌をしながら聞いた。

「俺は、一度市岡殿に会ってみようかと考えている。美奈殿の話では、不明なことばかりだ。会った上で心を決める」

「分かりました。私もそのつもりです。確かに橋屋は寺宿ですが、だからといって困っている人を見殺しにはできません。どこまで手を添えられるか分かりませんが、やってみます」

「ちぇっ、いいかっこして。なんだよ、それでは俺が、冷血な男だというのか？」

　じっと見る金五の目は、新鮮さを失った鯖の目のようだ。

「金五、お前、飲み過ぎだぞ」

「よく言うよ。お前だって思いっきり酔っぱらってみたい時もあるだろ……ない……ふん、お登勢の前だからといって格好をつけるな」

「よくない酒だな」

　十四郎は、笑ってお登勢を見た。

　お登勢も、十四郎の顔を見た。しっとりとした目が、十四郎を捉えている。

　ふっと十四郎の心に、今は闇の中にある永代橋で、お登勢を抱き寄せた、あの人肌のぬくもりが甦った。

　――金五がこの場にいなければ……。

　お登勢を抱き寄せたい衝動にかられながら、十四郎はお登勢から視線を外して盃の酒を空けた。

「なんだってんだよ、馬鹿にして……もう知るもんか。俺はな、俺は、千草のことを思うとだな」

独りごちていた金五がはっと気付いて、

「おい」

お登勢と十四郎の顔を交互に見ると、

「しかし女には何かね。腹に宿した種が誰のものだか、分かるのか……」

真剣な顔で訊いた。

「さあ、わたくしには分かりません。美奈様にも分からないのではないでしょうか。わたくしは、美奈様のお腹の赤ちゃんは、きっと市岡様のお子だと信じてあげたい」

「ふーむ、しかし証明するというものはないからな。藩から追われる話が決着しても、まだ離縁の話が待っているのだな」

「ええ」

「気の毒といえば気の毒だが……お登勢、酒だ、酒がないぞ」

金五は既に空になっていた銚子を振った。

「近藤様、今日はそれくらいで。帰れなくなりますよ」

「いいんだ今日は、俺はここに泊まるぞ。寺にも帰らん、屋敷にも帰らん」

言いながら金五は、ふわりと横になってしまった。

お登勢は、その寝顔をくすくす笑いながら覗くと、

「なんだかんだとくだ巻いても、近藤様はお幸せ……」

ちらと十四郎を見たその時、

「十四郎様は、いらっしゃいますか」

七之助が階段を上がってきた。

「ここだ」

十四郎が声を掛けると、

「鶴吉さんにあとを頼んで帰ってきました。まだ市岡様はお帰りにはなっていません。それと、市岡様の家を張っていた浪人ですが、諦めたのか引き揚げていきました」

七之助は敷居際に膝を揃えて報告した。

ところが、市岡圭之助の家に現れた浪人の一人、ひょうたん顔の男が、橋屋の目と鼻の先、海辺橋袂に現れたのだ。

浪人は、橋の袂にある石灯籠の台を腰掛けにして、炒り豆のようなものをぽり

ぽり食べながら、堀を行き交う屋根船や丸太を組んだ筏が過ぎるのを眺めていたが、その視線は常にせわしなく堀端の道を行く人に向けられていた。

桃は咲き終わり桜の花の盛りである。堀端の土手には自然生えの桜の木が薄い紅色の花を咲かせていて、甘い香りがあたりを包んでいるような錯覚さえ覚える。

だが浪人は、掌にある豆を食べ尽くすと、懐から小袋を取り出し、豆をつかみ出しては、またぽりぽりやっている。

そうしてひたすら往来の人々に目を凝らしている浪人の姿は、のどかな風景の中で異様に見えた。

と、浪人が慌てて掌の豆を小袋に戻して立ち上がり、石灯籠の後ろに回った。

その目は鋭くやってくる人を捉えている。

近づいてきたのは、橘屋の半纏を着た万吉と、前垂れをしたお民だった。

二人は楽しそうに話しながら近づいてきた。お民が風呂敷包みを抱えているところを見ると、二人はお使いを頼まれて出てきたらしい。

「そんなことない、お登勢様は感心してたわよ。あんな大変なことがあったのに、万吉は前よりいっそう働き者になったって」

お民の声が聞こえる。

「お民ちゃんに褒められると、なんだか嫌みに聞こえるよ。本当ならおいらは嬉しい。おいらは橘屋の番頭になるんだ。その頃にはお民ちゃんは仲居頭だな」

「あたしはお嫁に行くからね」

「ははは、むりむり」

「万吉！」

と睨んだところに、ひょうたん面の浪人が突然現れ、お民の腕を摑んだ。

「きゃー」

お民が叫べば、

「何するんだ！　放せ！」

万吉が飛びついた。だが、浪人が片手で万吉を吹っ飛ばした。

万吉は一間ほど飛ばされて仰向けにどさりと倒れた。

「万吉ちゃん！」

お民が叫ぶと、

「静かにしろ、正直に答えてくれたら手を放してやる」

「な、なんだい！」

起き上がった万吉が、敵意剝き出しで訊いた。

「橘屋に美奈という武家の妻女が泊まっているのではないのか」

「……」

お民は驚愕した目で万吉と顔を見合わした。

「し、しらねえや!」

「嘘をつけ」

「本当です。そんな方はお泊まりになっていません」

二人は、きっぱりと否定した。

橘屋は駆け込み人の宿である。駆け込んできた者を全力で守るのが鉄則だ。

お民も万吉も、お登勢や藤七や、仲居頭のおたかから、耳にたこができるほど、

宿の泊まり客のことを口外してはならないと教えこまれている。

だから二人は、浪人の言葉を撥ねのけたのだった。

「正直に話さねば、命はないぞ、それでもいいのか」

なんと浪人は、お民の襟を力一杯締め上げはじめた。

「お民ちゃん、お民ちゃん……」

おろおろする万吉の前で、お民の襟を締め上げながら、

「小僧、助けたかったら、本当のことを言え!」

恐ろしい顔で浪人が迫った時、

「御用だ！」

玄蔵が十手を振り上げて走ってきた。

「お前はあの一味の浪人だな。今度は逃がさねえ！」

浪人に飛びついたが、浪人は一瞬早くお民を放すと、刀を抜いて玄蔵の十手を叩き落とした。

玄蔵は、後ろにひっくり返った。

浪人が刀を振りかざした。そのまま玄蔵に斬り下ろした。

「あっ！」

お民も万吉も目を閉じたが、

「うっ……」

蹲（うずくま）ったのは浪人だった。

「十四郎様」

万吉が声を上げた。

浪人は、橋の上から走り下りてきた十四郎の手刀を腹に食らったのだった。

「危なかったな、大事ないか」

十四郎は、浪人の利き腕をねじ上げながら、起き上がった玄蔵に訊いた。お民も万吉も駆けよってきた。

「申し訳ねえ、旦那、こいつは山岡藩の阿久津ってお侍に雇われている浪人ですぜ」

玄蔵は、捕り縄で素早く浪人を縛り上げると、十四郎に言った。

「何、阿久津と言ったな。間違いないのか」

「あっしは執念の男ですぜ、二ツ目之橋でずっと張っていやしたら、現れたんです。阿久津というお侍とね。この男は阿久津に飼われている犬です。ったく、あっしのことを犬呼ばわりしやがって」

玄蔵は、十四郎に押さえつけられている浪人を睨み付け、

「もっともあっしが、そのお侍が阿久津だと知ったのは、昨日のことですがね」

苦笑してみせた。

「………」

十四郎は、玄蔵の腕の良さに驚いていた。

「旦那、両国稲荷で殺されたお侍を番屋に引き取りに来たのも、阿久津というお侍でしたよ。ですから、この浪人を絞れば少しは事件の中身は分かる筈です。し

かしなんで橘屋の者に乱暴したんだ」

　玄蔵は震えているお民と万吉に顔を向けた。

「そのお侍は、橘屋に美奈という人が泊まっていないか、言わなければ殺すって、言ったんだ」

　万吉が気丈にも、浪人の顔を指したのだ。

　十四郎は、驚いた目で浪人の顔を見た。

六

「私は深川の寺宿橘屋の主で登勢と申します。近江屋の旦那様にお取り次ぎ下さいませ。内々にお話ししたいことがございまして……」

　日本橋の室町（むろまち）一丁目にある呉服問屋『近江屋』を訪ねたお登勢は、応対に出てきた手代にそう告げた。美奈という名も、市岡圭之助の名も告げなかった。

　二人を狙う者たちの手が、市岡の家にも、あろうことか橘屋にまで伸びてきている。近江屋といえども慎重にふるまわなくてはならないと思ったのだ。

　なにしろ山岡藩という大名家の藩士が二人の敵だと知れたいま、一層の用心が必要だった。

お民と万吉が、仙台堀沿いで待ち伏せされて襲われたことで、橘屋も安全な場所だとはいえなくなった。

お登勢は早速藤七と相談して、橘屋の若い衆に宿の周りを見張らせている。泊まり客も、早くから予約が入っていた者を除いて、男女の区別なく断るようにと厳しく言い置いて店を出てきた。

用心に用心を重ねてのことだが、はたしてそれで、近江屋の主に取り次いでもらえるものか。そう案じていたが、

「承知しました」

手代は愛想よく答えると、店の奥に消えた。

お登勢は、上がり框に腰を下ろすと店の中を見渡した。

近江屋は間口が十間以上もある大店である。ざっと店の中を見渡しても、三十人以上の手代や番頭が、それぞれの客に美しい反物を広げて応対に当たっている。

他にも奥から反物を運んできたり、手代や番頭の助手を兼ねて立ち働く若衆や小僧と呼ばれる奉公人のきびきびと立ち働く姿も見え、華やかさの中にも商いの緊張感が店の中には漂っていた。

おそらくこのお店なら、奉公人も百人……いや、それ以上はいるのではないか――。

お登勢は今更ながら、この江戸で大店といわれる店の賑わいに圧倒される気分だった。

「お会いしたいと申しております。こちらへどうぞ」

まもなく手代が戻ってきてお登勢に告げた。

「手前が近江屋四郎兵衛でございます」

通された奥の座敷で、お登勢は店の主と対面した。

近江屋四郎兵衛は、物腰の柔らかな小でっぷりした男だった。額の色も艶やかで血色も良かった。

「深川の橘屋と申せば縁切りの宿、美しい女将が采配していると聞いておりましたが……なるほど、噂は本当でございましたな」

近江屋四郎兵衛は冗談めかしてお登勢に笑みを送ってきたが、

「して、その宿の女将さんが私に御用というのはなんでしょうか」

すぐに笑みを消し、真顔で言った。

「山岡藩の美奈様が私の宿に駆け込んでおりまして……美奈様はご存じでござい

ますね」

お登勢もまずはそう切り出して、四郎兵衛の反応を待った。

「はい、私は山岡藩の御用達を致しております。山岡の御城下にも小さいですが店を開いておりまして、年に何度か私もむこうに参ります。美奈様のお父上はお城で納戸役をなさっておられて、私もお世話になっております。まあ、そんな縁もございまして私も美奈様をお助けしたのですが……まさか駆け込みをなさるとは」

さも驚いたような口調だったが、

「それで、美奈様が私に何か？」

四郎兵衛は改まってお登勢を見た。

「いいえ、美奈様は何もおっしゃってはおりません。ただお世話になった方だと……こちらにお伺いしたのは私の気持ちです」

お登勢は美奈が駆け込んだいきさつを語った。

夫の圭之助に差し紙を送って事情を聞こうと考えたのだが、肝心の夫の居場所が分からない。勤めていた板倉家は辞めているし、家にも帰っていない。

それればかりか、圭之助は山岡藩の者に命を狙われている様子で、その者たちの手は橘屋にまで及んでいる。

ここは市岡様本人に会い、美奈様とのこともむろんだが、様々聞き質したいことがある。

市岡様には他に身寄りはないようだから、これまでの調べの中で出てきた、近江屋さんに市岡様の居所を聞きたくて参りました。

お登勢は説明している間、瞬きもせず、近江屋四郎兵衛の顔色を窺っていた。どこかで表情が動くかもしれない。そう思ったのだが、近江屋四郎兵衛の表情は、少しも変わらなかった。

余裕のある顔でお登勢の話を聞き終わると、

「おっしゃることは分かりましたが、残念ですな。私は美奈様が橘屋さんに駆け込んだことも存じませんでしたし、市岡圭之助様が家を空けていることも知りませんでした。お役に立てず申し訳ないが、そういうことです」

きっぱりと言った。

「そうですか、ご存じありませんか。私はてっきりこちらかと……」

「私も昨日山岡から帰ってきたばかりです。気ぜわしい身で、お二方を存分にお世話する余裕もないありさまで……」

「そうですか……命を狙われているといっても心配にならないと……」

きっとお登勢は見た。

「お登勢さん、私は呉服を商うものです。お武家様の事情に深く関わることはございません。それが商人の鉄則です。かりに、誰かの何かの事情を聞いておりましても、それを第三者にお話しすることは致しません」

「……」

お登勢は大きな城壁の前に立たされたような気分になった。

近江屋四郎兵衛は、言葉も柔らかく表情も優しげだが、発する言葉には相手を圧倒させるものがあった。

険しくなったお登勢の表情を見てとったのか、

「せっかくおいでくださったのです。もしも私の方に何か知らせがありましたら必ずお知らせ致しましょう」

近江屋四郎兵衛は言った。

「お手間を頂きました」

お登勢は礼を述べて近江屋の店を出た。

お登勢は、悠然とはためく近江屋の紺の暖簾(のれん)を振りかえり、四郎兵衛は知らぬ筈はない、知っているからこそ平静を装ったのだと考えていた。

その夜のことだった。

近江屋の前に町駕籠がやってきた。

すると潜り戸から近江屋四郎兵衛が出てきた。そしてお供が一人、これは番頭か手代かは分からなかったが、四郎兵衛が駕籠の中の人となると、お供は駕籠の横手にぴたりとついて夜の町に出た。

「行くぞ」

物陰の目が駕籠を追いながら言った。十四郎だった。

「へい」

頷いて十四郎と肩を並べたのは七之助だった。

十四郎とお登勢は、近江屋が知らぬ筈はない。何も聞き出せなくても見張っていれば、必ず市岡圭之助に会えると考えて、今日お登勢が近江屋を訪ねてきた時から、ずっと張り込んでいたのである。

町駕籠は店を出ると、北に進んだが、本町二丁目の角を右手にとって大伝馬町から通旅籠町、通油町、横山町を経て両国橋に出た。

大通りの軒先には軒行灯が通りを照らして、行き交う人も多く、昼間の賑わいの名残はあったが、両国橋を渡りはじめると、流石に人の影は少なくなった。

町駕籠は掛け声もなく無言で行く。供の者が黙々と付き従っているのも、十四郎にはやはり、異様に映った。

町駕籠は両国橋を渡ると、川縁を北に向かった。

総じてこの川縁は武家屋敷が多い。薄暗い道に町駕籠の提灯が浮き立って見えた。

「十四郎様……」

七之助が小さく声を出した。

町駕籠が埋堀を渡ってすぐに東の道に入ったのだ。やがて町駕籠は、一軒の仕舞屋の前で止まった。

近江屋四郎兵衛は町駕籠を帰すと、供の者と板戸の前に立ち、ほとほとと叩いた。

まもなく板戸が開いて、武士が戸のむこうで迎えるのが見えた。

十四郎は風のごとく走り寄って近江屋四郎兵衛を押し込みながら自分も戸の中に入った。

「何をなさいます！」

驚いたのは近江屋四郎兵衛だった。険しい顔で十四郎を見た。

武士は奥に駆け込んで、刀を摑んで出てきた。

「怪しい者ではござらん、お静かに！」

十四郎は強い口調で制すると、橋屋の者だと告げた。

「橋屋とはお登勢さんの……」

四郎兵衛は吃驚（びっくり）して十四郎をまじまじと見た。さすがに四郎兵衛も橋屋の者が
尾けてくるなどと想像もしていなかったようだ。

「味方だと思ってもらっていい。美奈殿の話もある。中に入れてくれ」

十四郎が言ったその時、

「表は大丈夫です」

七之助が走り込んできた。そしてもう一度用心深く表の闇に目を走らせたのち、
ぴたりと板戸を閉めた。

「市岡様……」

四郎兵衛は観念したのか、刀を摑んで睨んでいる市岡圭之助に頷いた。

市岡圭之助も頷き返すと、

「上がってくれ」

薄暗い奥を十四郎に指した。

七

「お答えいただきたい。何故追われているのだ。美奈殿に話は聞いたが、いまだ釈然とせぬところがある」

十四郎は、美奈が駆け込んできてからの経緯を話したあと、圭之助に迫った。

圭之助の隣には近江屋四郎兵衛が座っていて、四郎兵衛の供の者と七之助は、三人とは少し離れた場所に坐し、じっと耳を傾けている。

圭之助は、きりりとした目で十四郎を見た。鼻筋は通っていて美形といっていい容貌だが、目の色は鋭い。

「まず詫びを申し上げたい。橋屋を巻き込んだこと、この通りです」

市岡圭之助は頭を下げた。そして顔を引き締めると、これまでの経緯を語った。

一年前のことだ。

馬廻り役の市岡圭之助は、登城しようと支度したところに、目付の信濃修理(しなのしゅり)から役宅に出向くよう連絡を受けた。

圭之助は家禄八十五石を父の死によって継いだところだった。

母親峯との二人暮らしで、峯は役宅に呼ばれることを不安がった。城では話せないから役宅に呼ぶのだと。

まして目付は、藩士の監視役である。伜が何か失態をしたのではないかと、峯はそのことを案じたのであった。

「母上は心配性だ」

冗談交じりに笑って家を出たが、正直圭之助の胸にも不安が広がっていた。

はたして、信濃の屋敷に入った圭之助は、すぐに座敷に通された。

圭之助ぐらいの身分では、目付に直接会うことはめったにない。

身を硬くして何度も膝を直して待っていると、咳払いをひとつして、信濃修理が入ってきた。

「市岡圭之助でございます」

緊張して両手をついた圭之助に、

「ひとつ、頼みたいことができた。そなたがいちばん適任だと思って使いをやったのだが……」

信濃修理が命じたのは、驚くべきことだった。

「金谷甲之進捕縛に手を貸してもらいたい」

信濃修理はそう言ったのだ。

「金谷は私の友の一人です。いったい何があったのでしょうか」

驚天動地の圭之助に、

「新田を開発するために藩出入りの商人から浄財を集めていたことは知っているな」

信濃修理は険しい目で言った。

「知っています」

「金谷はその窓口だった。投書があって調べていたのだが、さる商人が寄進した額と、金谷が記した額には三十両ほどの違いがあった。全体でどれほどかすめて懐に入れたのか、金谷に質そうとして呼び出したところ、金谷は出奔しようとした。配下の者が栗原村で追い詰めたが、今水車小屋で人質をとって籠もっている。不正の事情を白状して金を返せば罪一等を減ずるつもりだ。そなたは幼い頃からの友だ。しかも金谷とは同じ矢島道場の出だ。出向いて説得してくれ」

圭之助は、耳を疑った。

少年の頃、よく浜に一緒に遊びに行った仲間の一人だった。

金谷の家は代々が勘定組に勤務していたが、家禄は友人の中でいちばん低かった。

通常勘定組に属する者の家禄は五十石を下ることはない。大概が藩の中では恵まれているといえる。

ところが甲之進の父が、ある年の年貢の額を読み間違え、翌年の藩政に滞りがあったとして減俸されて、金谷の家は五十石どころか、三十五石に落とされたままだったのだ。

両親は数年前に鬼籍の人となり、残されたのが甲之進と弟と妹の三人きょうだいだったが、この妹が嫁したものの重い病があるとして離縁され、家に戻ったと噂に聞いたことはあった。

会って話を聞いてやりたかったが、圭之助の方も父が亡くなり、馬廻り役として本勤めになり、甲之進に会いに行く時間もなかったのだ。

一度母が、甲之進が訪ねてきたと教えてくれたが、会いに行けなかった。

「ずいぶんと会わないうちにお顔が変わっていましたよ。疲れているのではないでしょうか」

母はそう告げたが、忙しさにかまけて、そのままにしていた。

――あの甲之進が……。

圭之助の中では、公金横領という咎と、甲之進とがどうしても結びつかなかった。

「辛いだろうがこれは命令だ。万が一、甲之進が友人のお前の言うこともきかぬ時には、斬り捨てろ」

「信濃様……」

驚愕して見返した圭之助に、

「覚悟を決めていけ。朗報を待っている」

信濃は言った。

否も応もなかった。

圭之助は、一旦家に戻ると、着替えて栗原村に向かった。

はたして金谷甲之進は、水車小屋の爺さんを人質にして昨日から籠城しているということだった。

目付の配下は三人、水車小屋を見張っていたが、既に一人斬られていて、金谷の腕はたしかな上に、中には老人がいる。説得に掛かっているが聞く耳を持たない、お手上げだと腰抜けなことを言った。

一人殺されて怖じ気づいたに違いなかった。それでよく目付の配下が務まるものだと苦々しく思いながら、圭之助は水車小屋に向かった。

「待っていたぞ、圭之助！」

甲之進は、刀の下げ緒で襷掛けをし、股立をとって刀を手にして小屋の前に走り出てきた。

「俺は斬り合いに来たのではない」

圭之助は言った。

血走った目を向けてきた甲之進の形相が、圭之助には哀しかった。

「目付の信濃様は、正直に話せば罪一等を減ずると言っている。お前が進んでそんな大それたことをするわけはない。刀を捨てて俺と一緒に信濃様の屋敷に行こう」

圭之助の説得にも甲之進の感情が動くことはなかった。

「ふん、俺は騙されんぞ」

甲之進は、いきなり圭之助に飛びかかってきた。

刀は抜かぬ。きつく誓っていたのに、圭之助の体が動いた。

気がついたら、甲之進の刀を弾き飛ばしていた。

「圭之助、さらばだ」

甲之進は膝をつくと、脇差(わきざし)を抜いていきなり腹に突き立てた。

「甲之進……」

走り寄ったが無駄だった。

「あの浜で……一緒に走ったことは、忘れぬ……楽し、かった……」

甲之進はそう言って息を引き取ったのである。

「市岡様でございますね」

小屋の中から人質の老人が出てきて言った。

圭之助が頷くと、老人は一通の手紙を圭之助に渡した。

甲之進の遺言だった。

「このおいぼれに、ずいぶんと気遣いをしてくれました。金谷様はけっして悪い方ではないと存じました」

老人はそう言ったのだ。

その遺言には、勘定組頭井戸金兵衛、同平役の阿久津欣弥、そしてもう一人、桑島伝九郎(くわしまでんくろう)に強要されて、新田開発の金をかすめたいきさつが綴ってあった。

甲之進は妹の病を治したくて金が欲しかったとある。また、手を貸してくれたら、近いうちに家禄を元に戻すよう執政に進言するという井戸の言葉に心が動いたと書いてあった。

甲之進がそうやって不正につくった金は三百両にも及んでいた。ただし、甲之進が手にしたのは、わずか五両だったと書いてあった。

その五両も、妹の死で無駄になった。今思えば愚かなことをしたと思う。生きていく気力を失った。

せめてお前に会いたい、会って俺の気持ちを伝えたいと考えていた。証拠の帳面は、小屋の中にある。

『圭之助、お前にだけは自分を信じてほしい』

最後の文言が、圭之助の頭に怒濤（どとう）のように寄せてきた。

圭之助は、しばらく小屋の中で泣いた。そして怒りの目で立ち上がった。

甲之進の遺言を懐に入れると、その足で城内の勘定方の部屋に向かったのだった。

圭之助の血相を見て、勘定方の面々は青い顔で壁際に寄った。予想だにしなかった圭之助の出現に井戸は驚いて立ち上がったが、その井戸の髷を、圭之助は斬り落とした。

「金谷の遺恨だ！……恥を知れ！」

腰を抜かした井戸に言い放ち帰宅したが、井戸たちの悪計は、今度は圭之助に向けられた。

どこにどう申し立てをしたのか、圭之助が甲之進が残した帳簿を読み解いているそのうちに、今度は圭之助に目付から出頭の命が出た。

圭之助は、いざという時のために、下男にいいつけて母親を親戚に預け、帳簿を懐にして城に向かった。

ところが、途中で井戸たちに待ち伏せされて、急遽出奔したのであった。

「時を稼いで、その間に確たる証拠を揃えなければと、近江屋の言葉に甘えて暮らしてきたのです。両国の稲荷で桑島を斬った時、美奈もこれから危険だと思いました」

圭之助は言った。すると近江屋四郎兵衛が、

「不正は井戸様主導でおこなったことは明白です。商人たちは井戸様から浄財をこれこれにしてやるから、その代わり別途に帳簿に載らない金を出すよう言われたのです。商人一人一人に当たりまして、その調べがやっと終わったところで

す」

　そう言うと供の手代に頷いた。

　供の手代は、風呂敷包みを皆の前に置いた。

「このたび、阿久津様と桑島様、揃って参勤で江戸に参っておりまして、二人は江戸滞在の間に市岡様を亡き者にしようと考えたのでしょう。両国稲荷のことをお聞きして、それで市岡様をこの隠れ屋にお連れしました。幸いなのは目付の信濃様も殿様の御用で先月江戸入りなさいました。この好機を逃す手はありません。明日にでも信濃様にご面会をお願いして、この証拠の品をお渡ししようと思っていたところなのです」

　近江屋四郎兵衛は決意の顔で十四郎を見た。


　翌日早朝、まだ明け切らぬ頃、仕舞屋から七之助が顔を出した。用心深く外に出ると、次に市岡圭之助、そして十四郎が出てきた。

　圭之助を中にして、三人は埋堀に出た。

　大川の口まで行けば、近江屋が差し向けてくれた屋根船が待ってくれている。

　その船に乗れば、襲われることなく築地川軽子橋近くにある、山岡藩の上屋敷に到着の予定である。

藩邸では、近江屋から連絡を受けた目付の信濃修理が待っていてくれている。

つまり、埋堀を無事通過すれば、後は案ずることはなかった。

微かに東の空に光が差し、東雲が見えたが、大川端一帯は、まだ薄い霧に覆われていた。

視界は遮られるが、かえって都合がいいと十四郎は思った。

小走りして大川近くまで進んだ時だった。

朝霧のむこうに、人の影が見えた。

足をゆるめて用心深く近づくと、俄かに霧が晴れたように影の者がくっきりと浮かび上がった。

「阿久津……」

圭之助が呟いた。

「ふっふっ、市岡、ここで終いだな。それとも、お前が抱えているその帳簿を渡すなら、考え直してやってもいいぞ」

霧の中に浮かんだ阿久津が言った。

「誰がお前の言うなりになるものか」

「そうかな、俺は美奈がお前のところに走ったのを知っている。俺の言うことを聞かないのなら、人の女を横取りした、不義者だと届けてやる。さすれば、その帳簿がどうあれ、もうお前はお終いだ」

「不義などしておらぬ」

「不義だ、不義だ、不義だ」

阿久津は突然叫んだ。

「俺の女だったんだ。聞いてみろ、美奈にな。俺とどういう仲だったか」

「くっ」

圭之助の顔が歪んだ。だが圭之助は、きっぱりと言った。

「これからお前を訴える。退け！」

その言葉で、阿久津は刀を抜いた。

ぬっと阿久津の両脇に、浪人が立った。

「手はず通りに」

十四郎が言った時、浪人が黒い塊となって突っこんできた。十四郎が圭之助の前に出たその時、霧を裂く音がした。

十四郎は抜きざまにその刀を撥ね上げた。と同時に、浪人の手首を斬り落とした。

　すると今度は阿久津が無言で斬り込んできた。しかし十四郎は余裕をもって躱した。横手で圭之助がもう一人の浪人と斬り合っているのが見えた。

　阿久津は上段から斬り込んできた。十四郎はこれを鍔元で受け止めると、ぐいぐいと堀際に押した。いよいよあとひと足で、阿久津は堀に落ちる。阿久津は必死だった。阿久津が渾身の力を刀に込めたその時、十四郎はふいに力を抜いた。

　阿久津が体の均衡を失ってよろけた。十四郎は、阿久津のその足をおもいきり蹴った。

　阿久津は無様に地に這いつくばった。

　手から離れた阿久津の刀を、十四郎は堀の中に蹴り落とすと、阿久津の腕を捩じ上げた。

「七之助！」

　十四郎の声に、七之助が走り寄って、阿久津の手を後ろ手に縛り上げた。

　その時だった。

「うっ」

　圭之助の声がした。圭之助は肩を斬られて蹲っている。その頭上に、浪人の剣が落ちようとしていた。

十四郎は、咄嗟に刀を持ちかえると、剣先を浪人の胸めがけて投げた。

浪人の胸に十四郎の刀が突き刺さった。浪人は、刀を振り上げたまま、地に落ちた。

「危なかったな……」

十四郎が言った。

三人は川口に走った。

そこには、近江屋が手配した屋根船が待っているはずだった。

だが、

「殺られたな」

船頭が岸辺で仰向けになって死んでいた。

十四郎たちを待ちながら、一服しているところを阿久津たちに殺されたに違いない。

「困ったな」

船頭がいなくては船は進まぬ。

「あっしに任せて下さいやし」

なんと七之助が申し出た。

「漕げるのか」

「少し……見よう見まねでございますが……」

「よし、やってくれ」

十四郎と圭之助は、縛り上げた阿久津も船に押し込んだ。

「旦那、後はお任せ下さいませ」

ふいに声がしたと思ったら、なんと玄蔵が来ているではないか。

「頼むぞ」

十四郎たちを乗せた船は、朝靄の中に滑り出したのである。


市岡圭之助の傷が治り、橋屋にやってきたのは、山岡藩の藩邸に駆け込んでから十日は経っていた。

目付の信濃修理は、市岡の訴えを聞いてくれた。また藩邸で傷の手当てもしてくれたのだった。

阿久津は罪人駕籠で国に送られた。到着すれば即刻投獄される筈だ。

また、不正の親玉だった井戸も、目付の書状が国元に届けば、すぐに捕縛されるということだった。

近江屋は、山岡藩内の店にいる手代たちを使って、藩に出入りする商人一人一人に、浄財を寄進した時の事情を聞き取らせたのだった。

それによると、井戸と阿久津、桑島たちは、商人に浄財の金を少なく見積もってやるから、その見返りとして内々の金を渡すように脅したらしい。

商人たちは、浄財とはいえ出す金が少ない方がいいに決まっている。井戸たちの言うことを聞けば少額で済む。だから口車に乗ったというのだが、これらの金額と、金谷甲之進が付けていた金額が、ぴたりと一致して、金谷甲之進の帳簿に嘘がないことが判明したのであった。

確かに金谷も不正に手を貸したのは間違いないが、それも少額、しかも他の三人に脅されてのことだったとして、罪には問わない。目付の信濃は圭之助にそう伝えてくれたのだった。

いずれ、国元で寺子屋をやっている甲之進の弟に金谷の家を継がせることもできるだろうと、これも信濃が言ったらしい。

そして市岡圭之助も、藩に戻れることになった。

「あとはお前の子が、無事生まれるのを待つだけだ」

圭之助は橘屋のお登勢の部屋で、うつむいている美奈に言った。

「わたくしは……」

　美奈は顔を上げると、

「わたくしは、離縁したく思います」

　圭之助の前に手をついた。

「何故だ、もう俺と一緒にいるのは嫌なのか」

「……」

　美奈は黙った。

　お登勢はむろんのこと、十四郎も金五も居る。

「理由は何なんだ。はっきり言ってくれ」

　険しい顔で圭之助は言った。

「美奈様」

　お登勢は美奈を促した。

「この、お腹の子は、ひょっとして、あの阿久津の子ではないかと……」

　美奈は言うなり泣き崩れた。

「圭之助様、美奈様は、こんなことをおっしゃって悩んでいるのです」

　お登勢が説明した。

また、美奈から話を聞いて、知り合いの柳庵という医者に美奈の体を診てもらった。

すると柳庵は、美奈の取り越し苦労ではないか、手に触る赤子の大きさと、美奈のいう妊娠月は一致しない。赤子は、美奈が江戸に出てきてまもなくのものだと言ってくれたのだが、美奈はやはり、阿久津に犯された事実に口を拭い、子を産むことはできない……だから圭之助のところに帰るわけにはいかないのだと言うのである。

「私も、柳庵先生のおっしゃるとおり、美奈様の案じているようなことはないと存じます」

お登勢もひとこと付け加えた。

圭之助はじっと聞いていた。だが、お登勢の話が終わると、

「そんなことで悩んでいたのか……ばかだな」

苦笑すると、美奈を労りの目でじっと見た。

そして美奈の傍に膝を寄せ、懐から友禅の小さな袋を出すと、美奈の掌に載せた。

美奈は、はっと顔を上げた。

「忘れたのか……これを私にくれた時のお前の気持ちを……」

「圭之助様……」

「私は国を出奔する時にも、この鳴き砂があれば踏ん張れると思っていたのだ」

美奈は両掌で、鳴き砂の入った袋をしっかりと包んだ。その手の上に涙が落ちる。

「お前の腹の子は、私の子だ」

その言葉に、美奈の双眸から涙があふれ出た。

半刻後、お登勢と十四郎は万寿院に呼ばれて慶光寺の池のほとりを庫裏に向かって歩いていた。

この道はずっと庫裏まで砂利が敷き詰められている。踏みしめると心地よい音がした。

その音を聞きながら、お登勢は思った。

長い年月、圭之助が持っていたあの鳴き砂は、どんな音を起てるのかと――。

「俺も聞いてみたいものだな、鳴き砂の音を……」

十四郎がぽつりと言った。

「ええ……」

お登勢は、十四郎に歩調を合わせながら頷いた。

二人はしばらく黙って歩いた。歩を進めるたびに鳴る砂利の音は、二人にとっては、遠い越前の浜の鳴き砂の音に思えた。

二〇一二年四月　廣済堂文庫刊

光文社文庫

長編時代小説
鳴き砂 隅田川御用帳(十五)
著者 藤原緋沙子

2017年7月20日 初版1刷発行

発行者 鈴木広和
印刷 堀内印刷
製本 ナショナル製本

発行所 株式会社 光文社
〒112-8011 東京都文京区音羽1-16-6
電話 (03)5395-8149 編集部
8116 書籍販売部
8125 業務部

落丁本·乱丁本は業務部にご連絡くだされば、お取替えいたします。
ISBN978-4-334-77501-8 Printed in Japan

組版 萩原印刷